Die Reporterin Lu-ni

FRITZ REICHERT

Die Reporterin Lu-ni

Liebe in unruhiger Zeit (2019 – 2064)

Bibliografische Information der Deutschen Nationalbibliothek.
Die Deutsche Nationalbibliothek verzeichnet diese Publikation in der
Deutschen Nationalbibliografie; detaillierte bibliografische Daten sind
im Internet über http://dnb.dnb.de abrufbar.

© 2023 Fritz Reichert
tasia.jana@gmail.com
Satz, Umschlaggestaltung, Herstellung und Verlag:
BoD – Books on Demand, Norderstedt

ISBN 978-3-7392-0997-5

Kapitel 1

Die Mondstadt

Joe lächelte über das Plakat am Eingang von United Press International in New York. Er wischte sich den Schweiß von der Stirn und eilte zu seinem Schreibtisch. Dort nahm er Schriftstücke und warf sie in einen Papierkorb. *Ha! Mein Bericht entspricht nicht der Politik von UPI, haben sie gesagt, diese ...*

Noch suchte er nach einem treffenden Schimpfwort, da wurde er zum Chef gerufen.

»Hallo, Boss!«, begrüßte er ihn, als er das Chefbüro betrat. »Was gibt's?«

»Hast du die Reportage über China gemacht?«

»Ja, Sir. Ich war südlich von Peking. Millionen flohen von der Küste vor dem Taifun. Das Meer überschwemmte dort fruchtbare Böden. Es war heißer als heute bei uns.«

Der Chef sah ihn nicht an und las weiter in einer Nachricht. Er sagte nur: »Gut, dann bist du der geeignete Mann.«

»Okay, Sir. Ich kann Ähnliches von unserer Ostküste berichten. Tausende Häuser mit Grund und Boden hat dort der Ozean verschluckt. Ihre Besitzer haben nichts mehr. Doch, Schulden für das verschwundene Land. Chef, glauben Sie mir, ein Bericht darüber wird ein Renner.«

Kurz sah der Redaktionsleiter auf: »Nein, nein, du verstehst nicht. Du bist für uns der Chinamann. Du fliegst von China aus zum Mond.« Sofort vertiefte er sich wieder in die Meldung und schüttelte unentwegt den Kopf.

Nur für einen Moment fehlten Joe die Worte, dann platzte es aus ihm heraus: „Das ist nicht Ihr Ernst, Sir! Der Mond ist nichts für mich. Sehen Sie mich an, ich bin nicht Neil Armstrong. Aber was halten Sie von einer Reportage über den Vorschlag, einen Teil von Manhattan in den East River zu verlegen, ehe dieser Stadtteil vollständig im Meer verschwindet?"

Der Chef blickte erstaunt auf: »Nein, du hörst mir nicht zu, ich sagte gut verständlich: Du fliegst mit den Chinesen zum Mond.«

»Boss, tun Sie mir das nicht an! Wieder Suppen essen aus Garküchen! Brrr! Die einzige Beilage, die sie anbieten, sind Stäbchen.«

Er bemerkte erst jetzt, dass das Gesicht des Chefs sich gerötet hatte. Der brüllte ihn nun an:

»Du elender Schreiberling, du lehnst den Auftrag ab? Okay, du weißt, dass du damit fristlos gekündigt hast. Und ich sage dir, ich nehme deine Kündigung an. Raus jetzt! Und ehe du für immer von hier verschwindest, entferne das Plakat am Eingang!«

»Halt, Boss, warten Sie! Ich habe nicht ›Nein‹ gesagt.« Um den Job zu behalten, fügte er hinzu: »Bitte sagen Sie mir, was es da oben aufzuspüren gibt.«

Der Chef dachte: *Woher soll ich einen Ersatz bekommen? Wer fliegt schon freiwillig zum Mond?*

Dann fragte er spöttisch: »Du hast es dir wohl anders überlegt?« Er schob die Nachricht auf seinem Tisch zur Seite, sah ihn wohlwollend an und sagte: »Okay, dann hör mir zu. Zu unserem Ärger bauen die Chinesen dort seit 2019 eine Anlage, und wir wissen nicht, was sie damit vorhaben.«

Er lehnte sich in seinem Chefsessel zurück. Mit einem Finger zeigte er auf die Nachricht: »Jetzt, nach 35 Jahren wollen sie ihr Geheimnis preisgeben. Sie laden die Weltpresse zur Besichtigung ihres Baus ein. Ich wollte es zuerst nicht glauben.« Er schüttelte den Kopf. »Da steckt etwas dahinter! Finde die finsteren Absichten der Chinesen heraus! Gelingt es dir, dann bist du ein nationaler Held.«

Die Kündigung war zurückgenommen, und Joe hatte die Möglichkeit, ein Star zu werden. Das gefiel ihm.

»Boss, ich decke auf, was die Geheimniskrämer vorhaben. Ich verspreche es!«

»Okay, lass das Plakat an der Tür. Hier wird hart gearbeitet. Wer nicht spurt, fliegt raus.«

Wochen später stöhnte Joe vor sich hin. *Hätte ich doch den Auftrag abgelehnt! Ich würde jetzt in einem Restaurant ein saftiges Steak genießen. Stattdessen sitze ich in dieser verdammten Fähre zum Mond und habe ein Loch im Bauch. Holy Shit!*

Er grinste und dachte weiter: *Da ist nichts Heiliges mehr in meinen Därmen. Alle Speisen haben sich verabschiedet.*

Kein Bissen ist hineingekommen, seit ich die Erde verlassen habe. Und mein Magen knurrt vor Hunger.

Erneut fluchte er innerlich. *Ich muss reden, um nicht stets ans Essen zu denken. Dadurch gehe ich den Kollegen gehörig auf die Nerven. Ach, wenn schon.* Er wandte sich an sie: »Sagt mal, Leute, warum laden uns die Chinesen eigentlich ein?«

Ein Reporter gähnte: »Hast du das Lesen verlernt, Mann?«

Ein anderer antwortete aus Langweile: »Lies doch die Einladung!«

Ein Dritter lallte verschlafen: »Zur Mondstadt, zur Besichtigung.«

»Ha, glaubt nicht, dass es den Chinesen darum geht, uns ihren Bau zu zeigen! Seit eh und je meiden sie uns, die Vertreter der freien Presse. Nein, Freunde! Die Wahrheit ist, wir sollen Handlanger sein für ihr arglistiges Vorhaben. Wir, die neutralen Journalisten, wir sollen ihnen als vertrauenswürdige Zeugen dienen. Sie wollen, dass wir der Welt ihr angeblich lauteres Tun schildern.«

Keiner ging auf seine Vermutung ein. Sein Magen knurrte, also redet er weiter: »Passt auf, Leute! Seit langem bauen sie diesen Bunker, den sie Mondstadt nennen. Sie errichten ihn auf der Rückseite des Mondes! Warum wohl? Ich sage es euch: Weil wir dort ihr Treiben nicht beobachten können. Glaubt mir, die haben mit ihrem geheimen Bau nichts Gutes vor. Also, Augen offenhalten!«

»Immer habt ihr Amerikaner die Hosen voll«, bemerkte der französische Journalist.

»Was sagst du, du Schlaumeier? Ich frage dich, warum haben wir die Einladung vom Kriegsministerium erhalten? Wenn du es nicht weißt, dann sage ich es dir: Weil sie vom Mond einen Angriff gegen uns planen.«

»Das ist denkbar!«, stimmte ihm der polnische Reporter zu: »Stellt es euch nur vor«, wandte er sich an seine Kollegen, »die Chinesen greifen von hier aus die USA an.«

Joe war froh, dass ein Gespräch aufkam, und argumentierte: »Raketen vom Mond können unseren Abwehrschirm unterlaufen.«

Der polnische Redakteur ließ seiner Fantasie freien Lauf: »Natürlich merken das die Amerikaner vorher und schlagen zu. Rechtzeitig versteht sich. Sie zerstören die Zentren der Industrie in China. Millionen Menschen kommen um. Die ganze Welt leidet unter den Folgen des Angriffs Chinas vom Mond aus.«

»Nicht die Chinesen, die heute von ihrer Mondstation den Überfall planen«, vollendete Joe diese Idee und fügte hinzu: »Freunde, begreift! Sie nutzen den Bunker als Angriffsbasis. Und sie selbst wiegen sich fern der Erde in Sicherheit.«

Kein Journalist hatte Lust, weiter über Kriegspläne der Chinesen zu spekulieren. Er spürte aber die Unruhe von Darm und Magen. Um die Gedärme zu beruhigen, sprach er einen Mitreisenden an, der kein Chinese war und nach seinem Namensschild sogar Amerikaner. Er war athletisch gebaut, dunkelblond, trug aber kein weißes Hemd unter dem Blazer sondern einen gelben Pullover. »Tim, ich meine Sie, Mr. Turner, warum sind Sie für die Chinesen tätig und damit gegen die freie Welt?«

»Und wo arbeiten Sie?«, brummte der Angesprochene. »Sie betätigen sich auch dort, wo man Ihnen Arbeit anbietet.«

»Sie unterstützen aber die Chinesen, einen Krieg gegen uns zu führen«, bedrängte er Tim Turner. »Wir hingegen, wir decken auf, was auf der Erde oder auf dem Mond an Unrechtem geschieht.«

Tim Turner blickte den wohlbeleibten Joe ärgerlich an. Seine Stimme wurde bei jedem Satz immer schärfer: »Wenn jemand von solchen Basen weiß, dann bin ich es. Ohne meine Geräte kann auf dem Mond niemand dauerhaft leben. Ich kenne jeden Winkel in der Mondstadt. Da gibt es keine Angriffsbasen!«

»Und warum sind Sie nicht für uns tätig?«

»Ich arbeite nicht für oder gegen ein Land wie Sie, Mister. Meine Anlagen wandeln Abgase in Atemluft um. Niemand in der Welt zeigte daran Interesse, außer den Chinesen. Sie boten mir an, die Erfindung auf dem Mond zu testen. Da hätten Sie auch zugegriffen, oder?«

Darauf konnte Joe nicht mehr antworten, denn der Bremsdruck der Fähre war plötzlich so stark, dass er kaum atmen konnte.

Fuck them! Die töten mich, ehe ich ihre Untaten aufdecke! Das wollte er laut verkünden. Er bekam aber keine Luft und konnte nicht sprechen.

Sein Herz klopfte, und er hatte das Gefühl, schwere Eisenbänder zwängten ihm den Brustkorb ein. Schweiß brach ihm aus.

Wir stürzen ab!, versuchte auch der französische Reporter zu schreien.

Er wollte seinen Kollegen sagen, was er auf dem Bildschirm sah und was ihn ängstigte. Aber der Druck auf der Brust hinderte auch ihn am Sprechen.

Sein Blick klebte an dem Monitor, auf dem er ein riesiges Gewirr von Bergketten erkannte. Die Fähre kam diesem Kratermeer im Sturzflug immer näher.

»Schließ deine Augen. Schau nicht hin«, sagte ihm eine innere Stimme.« Doch etwas zwang ihn hinzusehen.

Er dachte: *Ich will nicht sterben. Ich kann nicht atmen. Ich ersticke.*«

Zwanghaft starrte auch der polnische Journalist auf den Monitor und sah die sich ihm schnell nähernde Mondlandschaft. Tonlos betete er ein Vaterunser. Er zwang sich zum Denken, um nicht verrückt zu werden:

Der verfluchte Mond! Warum bin ich hier? Nichts Weiches. Alles hart. Sieh dir die Grate an! Sie sind scharf wie Messer. Gleich werden sie dich aufschlitzen.

Er faltete die Hände: *Oh, heiliger Stanislaus, hilf! Diese fremde Welt will mich töten. Bitte, bitte hilf!*

Alle Journalisten sahen es nun: Sie stürzten unaufhaltsam in Richtung eines Meeres von Kratern. Der Versuch, durch Bremsen den Absturz zu verhindern, war wirkungslos. Sie atmeten schwer. Todesangst kroch in ihre Köpfe.

Sie wollten durch Losbrüllen die Angst verdrängen, aber keiner konnte schreien.

Sie versuchten aufzustehen, um ihrer Verzweiflung Raum zu geben. Aber sie wurden unwiderstehlich auf ihre Sitze gedrückt.

Ihre Seelen sträubten sich, die Lage anzuerkennen. Ihr Inneres weigerte sich, den Tod kampflos hinzunehmen. Bilder aus ihren Leben huschten blitzartig durch ihre Köpfe. Liebe, Glück, Freude. Es durfte nicht das Ende sein!

Der französische Reporter spürte, dass der Druck etwas geringer geworden war. Das minderte aber seine Angst nicht, ermöglichte aber sein Aufnahmegerät einzuschalten.

Dem Piloten ist es gelungen, die Fähre durch eine Schlucht zu steuern, vermutete er. *Das ändert nichts. Nur noch einen Moment, dann zerschellt sie mit mir.«*

Im fahlen Licht erkanntet er aufragende Hänge, an denen die Fähre vorbeiraste.

Da! Eine Kraterseite trat zurück. Er blickte auf ein Plateau. Sonnenstrahlen fielen auf die Fläche. Trichter gab es, große und kleine. Felsbrocken lagen verstreut umher. Nichts Lebendiges zeigte sich ihm.

»Der Mond will uns nicht haben«, sprach er nun in sein Aufnahmegerät.

»Sogar die Sonne ist mit ihm im Bunde. Oh, die gleißende Helligkeit schmerzt. Die Schatten sind scharf gezogen. Sie stammen aus einer Welt, die den Tod bringt.«

Da tauchte die Fähre in totale Finsternis ein.

»Gleich knallt es. Das ist das Ende,« sagte er.

Er spürte einen kräftigen Ruck.

Dann unheimliche Stille.

»Willkommen auf Aitken-Town!«, hörte er eine Stimme.

Er atmete tief durch. Der ihn beängstigende Druck war jäh verschwunden. Er fühlte sich wie neugeboren.

Er hatte das Gefühl, als wollte sich der Mond für die erlittene Angst entschuldigen, indem er sein Körpergewicht verringerte; denn er bewegte sich leichtfüßig.

Die Passagiere betraten einen Aufzug. Bald hielt dieser wieder an. Die Journalisten wurden gebeten, den Lift zu verlassen. Die anderen fuhren weiter nach unten. Nicht so Tim Turner.

Diesen Yankee mache ich zur Schnecke, kochte es in ihm noch. *Mich namentlich mit Kriegsvorbereitungen gegen mein Land in Verbindung zu bringen, das muss er zurücknehmen.*

Die Journalisten und Tim betraten einen Raum.

»Wo ist das Buffet, um uns willkommen zu heißen?«, fragte der hungrige Joe laut.

Voller Erwartung sah er Arbeiter kommen. Aber sie boten keine Häppchen an. Vielmehr drängten sie ihn und alle anderen zur Seite und verlegten Kabel. Die Presseleute hatten den Eindruck, dass sie unwillkommen waren. Dann fuhren anstelle von Buffets Kameras herein. Mehr und mehr Menschen kamen in den Raum. Es war den Journalisten klar: *Die benutzten uns für ihre Propaganda.*

In dem Gewimmel erkannte der Franzose eine Reporterin des chinesischen Fernsehens. »Das ist doch die hübsche Frau, die die wissenschaftlichen Sendungen macht«, rief er und gleich danach. »Sie heißt Xu Lu-ni.«

»Ausnahmsweise hast du recht«, stimmte ihm Joe zu. »Sie ist attraktiv. In Amerika hätte sie auch Karriere machen können. Lass die Finger von ihr, mon ami. Die Schöne soll uns ablenken. Ha! Darauf fallen wir nicht herein!«

Eine Fernsehdokumentation? Das wäre mir unangenehm, dachte Tim. *Der Yankee kann eine Geschichte daraus machen, etwa dass ich eingeschleust wurde, um die Presse zu überwachen. Ich habe einen Fehler gemacht und sollte schleunigst verschwinden.*

Er suchte einen Ausgang. *Unbemerkt komme ich nicht raus*, dachte er.

Er erblickte die Reporterin. Sie zu sehen, veränderte seinen Entschluss. Er blieb und verscheuchte die Bedenken. *Ich mag ihre Sendungen. Jetzt kann ich sie sogar aus nächster Nähe betrachten.*

Auf ein Zeichen von ihr verstummten alle Gespräche.

»Liebe Freunde!«, legte sie los. »Heute lade ich Sie und meine internationalen Kollegen ein zu einer Reise durch Aitken-Town. Das ist die erste Mondstadt. Sie ist nicht auf dem Mond, sondern in ihm gebaut.«

Sie wandte sich an einen Gesprächspartner:

»Dr. Mi, Sie sind Baufachmann. Wieso konnte hier eine Siedlung für Menschen gebaut werden?«

»Das Gestein ist dem der Erde ähnlich. Es gibt allerdings einen wesentlichen Unterschied«, berichtete er. »Der Mond hat kein glutflüssiges Inneres mehr. Seit einer Milliarde Jahre erkaltet er. Es wird nicht immer wärmer, je tiefer wir in ihn hineinbohren. Deshalb konnten wir diese Stadt erbauen, die schon eine Million Bewohner zählt.«

»Klimaflüchtlinge?«, fragte die Reporterin.

Dr. Mi nickte. »Wir befinden uns in ihrem obersten Teil, weit weg von der Mondoberfläche. Hier sind wir geschützt vor den gefährlichen Strahlen der Sonne. Alle folgenden Ebenen liegen jeweils tiefer als die vorhergehende«, erklärte Mi. »Bis zur Nummer 10 dienen sie dem Wohnen. Ab einer Tiefe von 5 300 Meter produzieren wir, was wir brauchen.«

Joe staunte: *Ich dachte, man muss ihnen jede Information aus der Nase ziehen. Umso besser ist es für mich, ihre wahren Absichten zu enthüllen.*

Er notierte: »Tief unter der Oberfläche arbeiten sie in Ebenen, die so groß wie ein Stadtviertel sind. Von dort planen sie den Angriff auf die Erde.«

»Fast alles, was wir benötigen, stellen wir selbst her«, erläuterte Mi. »Die notwendigen Rohstoffe sind hier in Hülle und Fülle vorhanden.«

Mit diesen Worten führte er die Gruppe zu einem Ausgang. Sie sahen hell erleuchtete Straßen, wie sie nachts in jeder Großstadt zu sehen sind. Vor den Geschäften war ein lebhaftes Treiben im Gange. Joe erspähte ein Restaurant, das er gerne aufgesucht hätte. Mi steuerte aber einen Aufzug an, und Joe folgte ihm. Dafür hatte sein Magen Verständnis, denn es ging um Dokumente für die Hinterlist der Chinesen.

»Wir fahren Sie in die tiefste Produktionsebene«, erklärte Mi, und die Reporterin stellte fest:

»Sie, liebe Zuschauer auf der Erde, sind ebenso erstaunt wie meine Kollegen der internationalen Presse: Warum ist es hier angenehm warm? Wir erfuhren von Dr. Mi, dass sich der Mond seit einer Milliarde Jahre abgekühlt hat. Woher kommt die Energie zum Heizen, zur Beleuchtung, zum Arbeiten und zum Wohnen? Dr. Turner, können Sie uns das erklären?«

Selten war Tim Turner derart erstaunt gewesen wie in diesem Augenblick. *Sie konnte doch gar nicht wissen, dass ich mich den Journalisten angeschlossen habe! Und: Wieso kennt sie mich? Dr. Mi hätte die Frage ebenso gut beantwortet.*

Jedenfalls freute er sich, dass die Frau mit den schönen Augen ihn in ihre Reportage einband. Die Besorgnis, dass seine Anwesenheit unter den Journalisten missverstanden werden konnte, war längst verflogen.

»Gerne,« antwortet er und strahlte die Reporterin an.

»Drei Satelliten mit Feldern von Photozellen fangen das Sonnenlicht ein. Sie senden es als Mikrowellen zu Stationen über der Stadt. Daraus erhalten wir die nötige elektrische Energie. An ihr mangelt es hier nicht.«

In diesem Moment merkten sie, dass der Aufzug die Geschwindigkeit verringerte. Er hielt in der 18. Ebene. Die Tür öffnete sich, einige Arbeiter betraten den Lift.

Viele Rohre und jede Menge Kabel waren zu sehen. Gigantische Kessel verhinderten eine weite Sicht. Es schien ein überdimensionierter riesiger Heizungsraum zu sein.

Auch die Reporterin war durch den unerwarteten Halt überrascht und fragte: »Tim, was wird hier produziert?«

Er war noch verblüffter als zuvor. *Sie redet mich mit dem Vornamen an. Das ist hier unüblich. Und woher kennt sie ihn überhaupt?* Es verstrichen ein, zwei Sekunden. Er blickte zur sich langsam schließenden Fahrstuhltür, als verzögere sie seine Antwort.

»Hier gewinnen wir Sauerstoff aus den reichlich vorhandenen Oxiden«, erklärte er. »Wir erhalten Atemluft, indem wir den Sauerstoff mit Stickstoff mischen, um Explosionen zu vermeiden. Leider mangelt es auf dem Mond an Stickstoffverbindungen. Alle Stoffe, wirklich alle, führen wir in den Stoffkreislauf zurück.«

Die Frage war beantwortet. Lu-ni ließ Tim weiterreden. »Was jeder als wertlosen Abfall kennt, wird hier wiederverwendet, etwa Haare oder Fingernägel. Natürlich alles, was Wasser .enthält wie Waschwasser und Fäkalien, also auch Urin – alles wird zum erneuten Verbrauch benutzt. Ich versichere Ihnen, Sie merken nicht, woher das Wasser kommt, wenn Sie die Zähne putzen oder Tee trinken.«

Der Aufzug stoppte in der untersten Ebene. Die Tür öffnete sich. Tim sprach weiter: »Nur den Stickstoff müssen wir von …«

»Wir werden unabhängig von der Erde!«, wurde er lautstark unterbrochen. Sofort richteten sich die Kameras auf einen schmalen, durchschnittlich großen Mann. Sein augenfälligstes Merkmal war die Brille. Ihre Gläser waren übergroß und in ein schwarzes Gestell eingefasst.

»Wir Chinesen, wir erreichen die Unabhängigkeit von der Erde!« Seine Stimme überschlug sich, so erregt war er. »Sehen Sie!« Er zeigte in eine Halle, die endlos zu sein schien. »Hier stellen wir Raumschiffe her.«

Dem amerikanischen Reporter hüpfte das Herz vor Freude. »Bald kann ich die Träumer von einem friedlichen China vom Gegenteil überzeugen«, triumphierte Joe. Vergessen war sein knurrender Magen.

Der Brillenträger hatte noch mehr zu berichten: »Mit speziellen Raumtransportern beuten wir Planetoiden aus. Knappe Rohstoffe holen wir von dort. Dadurch werden wir völlig unabhängig von der Erde!«

Die Fernsehreporterin unterbrach den Störenfried: »Herr Xu Yun, bitte!« Das nahm er nicht wahr.

»Die halten uns für Idioten«, flüsterte Joe dem polnischen Kollegen zu. »Sie wollen uns ablenken von ihrem Schurkenstreich gegen uns. Einfach lächerlich! Uns mit dieser angeblichen Ausbeutung von Planetoiden auf eine falsche Spur zu locken. Nicht mit uns!«

»Wo sind denn die Staaten, die früher Motor des Fortschritts waren?«, rief der Mann mit der großen Brille.

»Herr Xu Yun, bitte!« Mit eindringlichem Ausdruck versuchte die Reporterin, ihn zum Schweigen zu bringen. Vergebens.

Vielmehr fuhr er unbeirrt fort: »Die ehemaligen Kolonialmächte sind heute nur noch unfähige Papiertiger.«

Er wusste, dass Milliarden Menschen auf der Erde die Livesendung sehen. Diese Gelegenheit nutzte er, um sein

Anliegen zu verkünden. Davon ließ er sich nicht abbringen, auch nicht durch flehentliche Blicke der Reporterin. Er sprach weiter:

»Wir haben von hier aus Planetoiden untersucht. Uns gingen die Augen über, als wir feststellten, was sie gefunden haben. Dort gibt es Rohstoffe, die umfangreicher sind als die größten Lagerstätten auf der Erde. Mit unserer Flotte spezieller Raketen holen wir, was gebraucht wird. Wir Chinesen erobern von dieser Stadt aus das Weltall!« Und er fügte hinzu: »Wir brauchen die wenigen Stoffe nicht, die die Plünderer unseres Planeten zurückgelassen haben.«

Voller Überzeugung ließ er sein Publikum wissen: »Ja! Das Universum wird chinesisch!« Mehrere Male wiederholte er »Das Universum wird chinesisch!« Dann schwieg der Provokateur.

Die Reporterin befürchtete unfreundliche Reaktionen von Zuschauern außerhalb Chinas. Lächelnd schüttelte sie den Kopf. Dann wandte sie sich an den Störer:

»Nun, Herr Xu Yun, auch andere Staaten werden Mondstädte bauen. Glücklicherweise gibt es Wasser nicht nur hier am Südpol des Mondes. Sie können dann ebenfalls Asteroiden ausbeuten und Klimaflüchtlingen zu einer Bleibe verhelfen. Also ist unsere Stadt nur ein kleiner Schritt für China, aber ein großer für die Menschheit.«

Mit einem aufmunternden Lächeln wies sie der internationalen Presse den weiteren Weg in die Produktionshalle. Der Brillenträger Xu Yun ging mit den Reportern.

Joe wandte sich an ihn: »Sie können doch diese Transportraketen in Angriffswaffen umbauen«, behauptete er.

»Nein«, antwortete Xu Yun. »Militärisch zu nutzende Raketen brauchen zusätzliche Einrichtungen, etwa um einen Abschuss abzufedern. Ein Umbau ist schlicht unsinnig.«

»Aber ein Neubau doch nicht«, ließ Joe nicht locker.

»Stimmt, jedoch fehlt uns dazu jegliches Zubehör. Diese Raketen sind für weite Flüge konstruiert, etwa zu den Planetoiden zwischen Mars und Jupiter. Von dort holen wir Rohstoffe. Alle Raketen sind mit großen Fusionsreaktoren ausgestattet, die Energie für lange Flüge liefern. Für Flüge zwischen Mond und Erde sind diese Generatoren unbrauchbar. Aber sehen Sie doch selbst!«

Die freimütigen Antworten des Raketenspezialisten zu allen Fragen der Reporter verfehlten ihre Wirkung bei der Weltpresse nicht.

***

Tim Turner hatte sich von der Gruppe getrennt und sein Büro in dieser Ebene aufgesucht. Es unterschied sich auf den ersten Blick nicht von einem irdischen Arbeitsplatz, obwohl jedes Möbelstück aus Stein war. Es war aber so leicht, wie die Holzmöbel auf der Erde wegen der geringeren Anziehungskraft des Mondes. Mit Farben und Beleuchtungseffekten haben die Erbauer ein angenehmes Arbeitsklima in den Arbeitsstätten geschaffen.

Tim hatte sich beruhigt. Der Zorn über den Yankee-Reporter war verflogen. *Der Chef der Raketenabteilung ist bei der Presse. Ehe Xu Yun das Universum chinesisch werden lässt, überzeugt er den Yankee, dass es hier keine Angriffsbasen gibt.*

Dann lächelte er: *Wenn mich dieser New Yorker Journalist in der Fähre nicht geärgert hätte, wäre ich der reizenden Lu-ni nicht begegnet.* Er überlegte. *Wenn sie schon auf dem*

Mond ist, könnte ich sie zu einer Reportage über meine Anlagen einladen.

Doch dann nahm er an, dass ihre ablehnende Antwort lauten könnte: *Worüber ich berichte, müssen Sie schon mir überlassen, mein Herr!* Oder sie ließ ihn von oben herab wissen: *Sie überschätzen wohl Ihre Arbeit, Herr Turner.*

Schlimmer wäre, seine Einladung zerstört die Hoffnung auf ein erneutes Treffen, wenn sie antworten würde: *Bilden Sie sich nur nichts ein, weil ich Sie einmal mit Ihrem Vornamen angeredet habe.*

Tim fand keinen geeigneten Weg, mit der Frau seiner Träume wieder in Kontakt zu treten. Deshalb gab er den Wunsch auf, sie einzuladen, und widmete sich der ihm übertragenen neuen Aufgabe.

»Wir haben gehört«, hatten ihm chinesische Politiker gesagt, »dass jeder Mensch täglich acht Gramm Hautzellen abstößt. Bauen Sie eine Anlage in unserer Mondstadt, die diese Zellen der Bewohner einsammelt. Führen Sie den darin enthaltenen Stickstoff in den Kreislauf zurück.«

»Viel Glück beim Sammeln!«, spotteten seine Kollegen. Wider Erwarten hatte er in Peking Erfolg mit einer Testanlage.

Mit ihr war er zum Mond zurückgekehrt. Jedoch funktionierte sie nicht in der Mondstadt. Er musste den Grund ihres Versagens finden.

Aber danach suchte er heute nicht. Er war völlig verwirrt durch die Nachricht: »Ich suche Sie am Nachmittag auf. Gruß Xu Lu-ni.«

»Ich sehe sie wieder!«, rief er. Seine Freude überstrahlte jeden Fehlschlag mit den Hautzellen und verwandelte ihn in einen glücklichen Menschen.

Sie kam und grüßte ihn. Er hörte es nicht. Seine Aufmerksamkeit war auf ihren enganliegenden Hosenanzug gerichtet.

Bisher hatten ihn ihre ebenmäßigen Gesichtszüge beeindruckt. Jetzt schaute er bewundernd auf ihre langen Beine, ihre schmale Taille, ihren Busen und auf ihr schwarzes Haar, das durch eine schmucke, gelbe Klammer zusammengehalten wurde. Gebannt starrte er auf ihre Augen, in denen er zu versinken drohte.

Erneut grüßte sie ihn. Er merkte erst jetzt, dass er sie unverhohlen angestarrt und versäumt hatte, sie willkommen zu heißen. Er holte es schnell nach.

Weit weg von der Erde, tief unter der Oberfläche des Mondes, war es ihm, als habe durch sie der Frühling mit Blütenpracht Einzug in sein Büro gehalten.

Er ahnte, dass sie den Überschwang seiner Gefühle spürte. Darum beeilte er sich, über Arbeiten zu reden, und erwähnte auch die Anlage mit den Hautzellen. »Sie hat auf der Erde funktioniert. Hier, wo sie gebraucht wird, patzt sie.«

»Warum versagt sie?«, fragte die Reporterin.

»Ich weiß es nicht. Mir ist es unerklärlich. Vielleicht können Sie das Rätsel lösen«, fügte er eher scherzhaft hinzu.

Für einen kurzen Moment errötete Lu-ni.

»Rätsel stellen sich in meiner Heimat Liebespaare«, erklärte sie. »Da fragt vielleicht das Mädchen ihren Freund: ›Kannst du Rätsel raten?‹ Und wenn er das bejaht, will sie von ihm etwa wissen: ›Was ist größer als das Universum?‹, und er antwortet, falls er sie mag: ›Meine Liebe zu dir.‹ Nun fordern Sie mich auf, Rätsel zu lösen. Warum nicht? Geben Sie mir eins auf!«

Das hatte Tim nicht erwartet. Mit Fachfragen zu seinen Anlagen rechnete er. Jetzt war es umgekehrt. Er sollte ihr eine Frage stellen. Aber nicht über die Aufbereitung von Stoffen. Nein, sondern wie es bei Verliebten in ihrer Heimat üblich ist. Er schüttelte seine Verlegenheit ab.

Schließlich bin ich es gewesen, der mit dem Rätselraten angefangen hat, gestand er sich ein.

So fragte er sie: »Was ist schöner als der Silbermond?«

Sie zögerte mit der Antwort. Dann sagte sie: »Der rote Mond, wenn er durch blühende Apfelbäume scheint.«

Er nickte nachdenklich. »Ja, fotografiert man ihn von der Erde, so soll auf dem Bild der Teil eines Gebäudes sein …«

»Oder der Ast eines Baumes«, unterbrach sie ihn. »Ein blühender Apfelbaum ist dafür gut geeignet. Dies lehrten Sie uns vor zehn Jahren in Ihrem Seminar über zukünftiges Leben auf dem Mond.«

»Haha«, platzte es aus Tim heraus, der nun wusste, woher sie ihn kannte. »Sie gehörten zu der ersten Rasselbande, die ich in Peking unterrichtete. Sie fragten mir ein Loch in den Bauch.«

Lu-ni strahlte ihren ehemaligen Lehrer an. »Eines Abends gingen Sie mit uns auf den Campus, um den Mond zu fotografieren. Da sagten Sie, dass ein irdischer Gegenstand auf dem Bild sein sollte.

Wir Studenten waren damals begierig, Einzelheiten über die zukünftige Mondstadt zu erfahren, Sie verglichen sie mit dem Organismus eines Menschen. Die Lunge für den Gasaustausch, die Niere für den Wasserhaushalt. Es half uns, die Vielfalt der Probleme zu erkennen. Sie erklärten offene Fragen mit Witz und Geist. Nie zuvor hatten wir eine solche Methode des Lehrens und Lernens erfahren.«

Lu-ni fühlte sich in ihre Studienzeit zurückversetzt.

»Wir warteten stets auf den nächsten Gag in Ihrem Vortrag. Das Lachen machte den Erfolg Ihres Unterrichts aus. Wir waren begeistert. Über das Mondprojekt und Ihre humorvolle Vortragsweise. So wurden Sie zum Liebling von uns allen.«

Erneut war Tim verlegen. Da ging sie auf ihn zu, umarmte ihn: »Danke, Dr. Turner.« Darauf drehte sie sich um und verließ wortlos den Raum. Ein sprachloser, aber glückstrahlender Wissenschaftler blieb zurück.

Am folgenden Tag begegneten sie sich zufällig, wie er glaubte. Sie hatte aber erfahren, wo er speiste. »Ich habe das Rätsel mit meiner Anlage noch nicht gelöst,« sagte er. »Jedoch sollen Sie die Erste sein, die die Lösung erfährt.«

Er wollte sich bei Lu-ni für die Umarmung bedanken, fand aber keine passenden Worte. Also sprach er von seiner Arbeit.

Sie erzählte von dem Seminar in Peking, und ihr fiel es nicht schwer, ihren ehemaligen Lehrer zu duzen: »Durch dich habe ich gelernt, wie man Berichte spannend vorträgt.« Sie lächelte und sagte: »Eigentlich schulde ich dir meinen ganzen Erfolg.«

Gegen solches Lob sträubte sich Tim. Vor ihm saß eine attraktive Frau, deren Tätigkeit er bewunderte. Er litt nicht an einem Gefühl der Minderwertigkeit. Die Reporterin Xu Lu-ni war aber eine weltbekannte Persönlichkeit, und er war nur ein Professor unter tausenden.

Zum Abschied sagte er: »Ich habe nur eine kleine Hilfe gegeben, aber Sie haben, ich meine, du hast daraus etwas Außergewöhnliches gemacht.«

Tims Team löste schließlich das Problem mit den Hautzellen. Kaum lagen die Ergebnisse vor, schickte er an Lu-ni die Worte: »Das Rätsel ist gelöst! Ich kann das Versprechen einlösen.«

»Komm heute in mein Hotelzimmer zu einer Tasse Tee. Bald fliege ich zurück zur Erde«, war ihre Antwort.

Nur zu gerne folgte er ihrer Einladung. Sicher, sie sprachen auch über Hautzellen. Er hörte ihr zu, wie sie mit unverstellter Leichtigkeit redete und ihre Schilderungen mit anmutigen Bewegungen unterstrich.

Ihre lebhafte Augensprache fesselte ihn. Ihr Lächeln machte ihn glücklich. Er sehnte sich, ihren Körper zu berühren.

Ehe er sich von ihr verabschiedete, fasste er Mut und fragte sie, ob er ihr ein Rätsel stellen darf. Sie schaute ihn erwartungsvoll an. »Was ist wärmer als die Sonne?«, wollte er wissen.

Lu-ni antwortete: »Deine Nähe.«

Dann flüsterte sie: »Ich habe auch ein Rätsel für dich, Herr Professor: Was ist stärker als ein Orkan?«

Und Tim hauchte: »Meine Sehnsucht nach dir.«

Sie blickte ihn verliebt an: »Du kannst gut Rätsel raten, Tim.«

Da hatten sie sich zum ersten Mal geküsst.

***

Xu Yun war von der Führung mit den Journalisten in sein Büro zurückgekehrt. Ein Bildschirm zeigte an, dass ihn General Ch'i zu sprechen wünscht. Er schaltete ein. Die Augen, die ihn anblickten, waren noch schmaler als seine Sehschlitze. Keiner sprach ein Wort. Schließlich begann der Geheimdienstchef Ch'i: »Nun?«

Xu Yun rückte seine Brille zurecht und antwortete: »Es wurde Zeit, die Geheimhaltung zu beenden. Alle sollen sehen, was wir können.«

»Zufrieden?«, wollte General Ch'i wissen.

»Nein!«, antwortete Xu Yun.

»Sie überzeugten.«

Damit endete das Gespräch, grußlos.

Ch'i verstand, dass für den Raketenchef etwas schiefgegangen war. Aber er hatte mit dem Besuch der Weltpresse sein Ziel erreicht. *Die anderen werden heftig darauf reagieren*, davon war er überzeugt. Ein Lächeln war in seinem Gesicht nicht zu erkennen, als er murmelte: »Wir sind bereit.«

Die Mitarbeiter von Xu Yun kannten ihren Chef, wenn er wütend war. Und er war es nach der Führung mit der internationalen Presse. Die Augen unter der großen Brille suchten den Urheber seiner Wut, allerdings vergebens.

Wie kann ein Mensch nur so einfältig sein, mir wertlose Datenblätter zu geben, überlegte er. *Ich habe die Messdaten so gut gefälscht. Keiner konnte Verdacht schöpfen.*

Jetzt erblickte er den Unhold, der seinen Plan scheitern ließ. Eine kurze Bewegung des Kopfes genügte, und der Mitarbeiter eilte in sein Büro.

»Was habe ich Ihnen gesagt? Was sollen Sie mir bringen für die Presseleute?«

»Die Messdaten der Planetoiden,« antwortete der Arbeiter.

»Welche? Selbstverständlich die von mir bearbeiteten,« beantwortete er seine Frage.

»Sie sprachen von Messergebnissen. Es gab aber nur diejenigen von den Satelliten. Und die habe ich Ihnen gegeben.«

Eine zornige Handbewegung von Xu Yun folgte.

»Gewiss« sprach der Mitarbeiter weiter, »es gab eine Kopie, in der Sie die wünschenswerten Daten eingetragen haben. Diese verlangten Sie aber nicht.«

»Sie sind unfähig. Ich kann Sie hier nicht gebrauchen. Sie sind nicht in der Lage, einfachste Dinge zu erledigen«, fuhr ihn Xu Yun an.

Beliebt war Xu Yun bei den Mitarbeitern des Ressorts Raketentechnik nicht. Keiner hatte ihn jemals lächeln sehen. Wenn sie von ihm sprachen, nannten sie ihn ›Die Spinne‹, da sie ihn für hässlich hielten. Andere sahen in ihm einen Meister im Bauen von Netzwerken.

Den zornigen Ausbruch der ›Spinne‹ ließ der Mitarbeiter über sich ergehen. Auch die Beschimpfung »Sie blödes Ei« ertrug er geduldig.

Er verstand nicht, was Xu Yun in seinen schütteren Bart murmelte: »Dieser Bastard hat verhindert, die Kolonialmächte zu demütigen. Ich wollte Dokumente vorzeigen, dass wir Chinesen den Rohstoffmangel auf der Erde beheben können. Der Presse imponierte ich leider nur durch die Menge der Raketen und durch die Werkzeuge zum Schürfen auf Asteroiden.«

Xu Yun machte eine Handbewegung, sie zeigte an, dass der Mitarbeiter das Chefbüro verlassen darf.

Der als Versager bezeichnete Arbeiter war froh, dass es bei Beschimpfungen durch Xu Yun blieb, und er nicht zur Erde zurückgeschickt wird.

Der Chef ist ein einflussreicher Mann, grübelte er.

Man erzählt über ihn, dass er zum Chef der Abteilung Raumfahrt gemacht wurde, weil er vor vielen Jahren das Ansehen von Abgeordneten der Kommunistischen Partei be-

schädigt habe. Er habe damals vorgeschlagen, Raketen vom Mond mit der Magnetschwebetechnik zu starten.

›*Haha*‹, *hätten die Politiker gelacht. Damit kann man Züge fahren lassen, aber nicht Sonden hochschießen.*‹ *Sie begründeten ihre Meinung zur Wut von Xu Yun mit:* ›*Wäre es möglich, hätten es die Amerikaner schon ausprobiert.*‹

Xu Yun habe ihnen heftig widersprochen und dabei nicht mit Schimpfworten gespart, erzählte man. Denn auf dem Mond herrsche in 10 000 m Tiefe keine Hitze. Darum funktioniere dort die Magnetschwebetechnik für Raketenstarts.

Es sei dann auch bestens gelaufen. Seit dieser Zeit genießt sein Chef Xu Yun hohes Ansehen, und man solle sich nicht mit ihm anlegen, wurde gesagt.

Dem Arbeiter war nicht bekannt, dass der etwas krummbeinige und hagere Xu Yun der Bruder der schönen Xu Lu-ni ist.

Vor 10 Jahren hatte Xu Yun zu Lu-ni gesagt: »Komm zu mir. Hier in der Hauptstadt steht dir die Welt offen.«

»Ich möchte aber lieber in der Agentur in der Nähe unserer Heimat bleiben«, hatte Lu-ni ihm entgegnet.

»Die Eltern leben nicht mehr. Du bist das einzige Familienmitglied, das ich habe. Wir müssen zusammenbleiben. Komm also«, verlangte er von ihr, und sie folgte ihm nach Peking, belegte Vorlesungen in der Universität und bewarb sich beim Fernsehen.

Ihr vertraute man bald Sendungen mit schwer zu vermittelnden wissenschaftlichen Themen an.

»Sie haben die Gabe, solche Inhalte verständlich zu schildern«, lautete die Reaktion ihres Chefs, und er sagte ihr auch: »Sie versprühen Charme, den wir für die angeblich trockenen Naturwissenschaften dringend benötigen.«

Sie sollte etwa über das Altern berichten. Also befragte sie Firmen, die sich mit dem Älterwerden befassen. Oft sagte man ihr: »Wir arbeiten mit dem Wirkstoff Telomerase. Dieser Stoff steuert das Altwerden bei allen Tieren, bei Eintagsfliegen ebenso wie bei Menschen.« Lu-ni trug die Ergebnisse zusammen und schilderte in ihrer Reportage die Methoden, durch die die Lebensdauer erheblich verlängert wird.

»Gewiss, die Anwendung ist kompliziert«, erläuterte sie darin. »Aber sie verspricht enorme Verlängerung unseres Lebens. Glaubt mir, es ist wie im Märchen: ›Und wenn sie nicht gestorben sind, dann leben sie noch heute‹. Die Lebensdauer des Menschen steigt. Und das Beste ist: Die Leistungsfähigkeit bleibt erhalten.«

Sie zwinkerte in die Kamera: »Und ihr Schönen, euch sei versichert: Eure Schönheit ändert sich in hundert Jahren nicht.«

Dann klang ihre Stimme ernst: »Aber leider gilt auch hier: Nichts ist perfekt. Denn die Behandlung muss nach einiger Zeit wiederholt werden, und sie ist sündhaft teuer.« In ihrer Reportage fanden sich lustige Vergleiche und gewagte Anspielungen über das Altern. Die Sendeanstalten rissen sich um die Ausstrahlung der Reportage über Lebensverlängerung.

Ebenfalls war ihre Reportage über die Mondstadt ein Renner. Optimismus breitete sich in Gebieten aus mit schweren Schäden durch die Klimaänderung. »Anstelle eines unsicheren Ortes auf der Erde finden wir Ruhe unter der Mondoberfläche«, hofften viele.

Nicht überall wurde ihre Reportage so freudig aufgenommen. Einige Journalisten interpretierten die Führung durch die Mondstadt verharmlosend, etwa durch:

»Chinas Interesse an einer Basis auf dem Mond ist wirtschaftlicher und nicht militärischer Art«.

Der UPI-Reporter Joe verstand die Bedeutung anders: »Die Chinesen greifen nicht nach der Macht auf der Erde. Nein, schlimmer! Sie bemächtigen sich der Sterne! Sie beuten rohstoffreiche Planetoiden aus. Wir müssen befürchten, dass sie irgendwann bei uns die Versorgung mit Rohstoffen beherrschen! Das wäre das Ende der friedlichen Weltherrschaft der USA.«

In dieser Reportage setzten die Worte des Redners mit der schwarzen Brille auch die Aktienmärkte in Untergangsstimmung.

Dort hatte es zuvor frohgemut gelautet: »Unsere Lagerstätten sind fast erschöpft. Knappe Rohstoffe erhöhen Preise und damit unsere Profite.«

Nach der Darstellung des chinesischen Raketenbauers befürchteten die Händler von Aktien erhebliche Einkommensverluste. Sie prophezeiten: »Bieten die Chinesen die Stoffe von den Planetoiden hier an, dann verlieren unsere Aktien ihren Wert, und wir sind bankrott.«

In den Exportländern sagten die Regierenden: »Wir leben vom Export der knappen Rohstoffe. Beliefert China unsere Kunden, verlieren wir Einnahmen. Ohne diese Mittel können wir uns nicht um unsere Menschen kümmern, die unter der Klimaveränderung leiden.«

Die Politiker der Industrieländer klagten: »Haben die rohstoffproduzierenden Länder geringere Einkünfte, kaufen sie weniger Produkte von uns. Sinkt aber die Nachfrage, gehen uns Arbeitsplätze verloren. Es droht Arbeitslosigkeit und soziale Unruhe.«

Die Weltpresse machte schließlich Angst mit Überschriften wie »Die Chinesen zerstören die Weltordnung« oder »China auf dem Weg zur Hegemonie«.

In der folgenden Zeit diskutierten in zahllosen Talkshows Wirtschaftsführer und Generäle des Militärs, wie China an der Ausweitung seiner wirtschaftlichen Macht gehindert werden kann. Die Wirtschaftsbosse waren ratlos, weil Sanktionen gegenüber China wirkungslos sind, wenn es von Rohstofflieferungen unabhängig ist. Die Militärs befürchteten, dass im Fall einer kriegerischen Auseinandersetzung mit China Waffen eingesetzt werden, die jegliches Leben auf der Erde zerstören würden. Die Verantwortung dafür wollten sie nicht übernehmen.

***

Auch in der Mondstadt kann es kein Geheimnis bleiben, wenn zwei Menschen einander zugetan sind. Xu Yun erfuhr von der Beziehung von Lu-ni zu Tim Turner. Er war wütend. »Meine Schwester und diese Langnase, dieser arrogante Weiße.« Ein lauter Seufzer entfuhr ihm. und er flüsterte: »Lu-ni, wie kannst du uns eine solche Schande antun!« Seine verstorbenen Familienmitglieder waren in seinen Gedanken bei ihm. »Die Vorstellung ist widerlich, du und dieser Mensch.«

Vor einem Tischchen mit Erinnerungsstücken seiner Vorfahren verharrte er. Seine Gedanken waren bei der ehrwürdigen Tradition: *»Ich bin ihr älterer Bruder und entscheide, ob der Mann, dem sie sich anschließen will, geeignet* *ist, ein Mitglied unserer Familie zu werden. Auch die Ahnen lehnen einen ehemaligen Kolonialherren ab.*« Dann schwor er vor den Ahnen: »Ich werde niemals meinen Segen geben für eine solche Verbindung. Niemals!«

Er wandte sich ab von dem kleinen Altar. Er wusste, dass seine Schwester in der chinesischen Tradition fest verankert ist. Er und Lu-ni. werden die Werte erhalten. Diese Gewissheit beruhigt ihn. Lu-ni wird in ihrem Streben nach Harmonie diese nie außerhalb der Familie finden »Das weiß auch Lu-ni«, sagte er laut.

Dennoch überlegte er, wie er die Liebe zwischen Lu-ni und Tim unterbinden kann. Er fand keinen gangbaren Weg. Darum hatte er noch schlechtere Laune. Sie verbesserte sich nicht, als ihm mitgeteilt wurde, dass der angemeldete Besuch eingetroffen ist.

Xu Yun sah einen massigen Mann, der in sein Büro auf einem Rollstuhl hereinrollte.

Er sah, dass sich der Dicke vorbeugte und seine Arme demütig ausbreitete.

Er beachtet wenigstens die chinesischen Bräuche, dachte Xu Yun. Sein Gast wiederholte die Zeremonie, bis er bei ihm angekommen war.

Mit unbewegter Miene hatte der Raketenbauer ihn beobachtet. »Ich bin gebeten worden, Sie zu empfangen, Tok Tang«, knurrte er den Besuch ohne Gruß an. »Was wünschen Sie?«

»Ich war häufig im Haus Ihrer Eltern«, fing Tok Tang die Unterhaltung an, »aber ich habe Sie dort nicht gesehen.«

»Ich machte mir nichts aus den Gesprächen meines Vaters mit seinen Gästen. In jungen Jahren bin ich zum Studium nach Peking gegangen.«

»Ja, ich weiß«, nickte der Dicke. »Sie haben dort Maschinenbau und Raumfahrttechnik studiert. Jedoch hätte Ihr Vater es gern gesehen, wenn Sie an einer technischen Hochschule im Westen …«

Xu Yun unterbrach ihn. »Wenn wir die dekadenten Weißen nachahmen, beleidigen wir unsere Ahnen. Und wir setzen auch uns herab. Wir sind ebenso erfolgreiche Erfinder und sogar bessere Techniker als diese Leute.«

»Na, das ist nicht ganz richtig«, widersprach Tok Tang. »Ich sehe hier eine Langnase in Top-Position. Unsere Regierung hat ihn sicherlich angeheuert, weil er unersetzlich ist.«

Xu Yun war überrascht, denn der Dicke sprach von dem Weißen, um den sich gerade sein privates Leben wegen der Beziehung zu seiner Schwester dreht. Er reagierte nicht darauf. Darum fügte Tok Tang hinzu: »Wer weiß, vielleicht ist er als Spion eingeschleust worden.«

»Vielleicht, vielleicht. Dafür gibt es keine Beweise«, antwortete Xu Yun, nicht mehr so schroff. Er überlegte: *Das ist eine gute Idee. Wenn ich nachweisen könnte, dass er uns ausspäht, wäre ich Turner los. Vielleicht kann ich diesen Fettwanst für meine Zwecke gebrauchen. Die Kleidung von ihm ist chinesisch, hoffentlich auch seine Gesinnung.*

Er wollte ihn prüfen und sagt: »Neben mir gibt es nur noch ein Familienmitglied, meine Schwester. Für deren Wohl und Wehe ich verantwortlich bin. Und jetzt will sich diese Langnase in unsere Familie einschleichen.«

»Das dürfen Sie unter keinen Umständen zulassen, mein lieber Xu Yun«, unterstützte ihn der Dicke. »Doch sagen Sie mir, warum wird der Weiße hier als unentbehrlich angesehen?«

Tok Tang unterhielt gute Beziehungen zur Verwaltung

der Mondstadt. Er war hier wie in Peking bei einigen Beamten ein gern gesehener Besucher. Er verfügte über Geld, dessen Menge unbegrenzt zu sein schien. Manch hoher Angestellter schuldete ihm Dank für einen Zuschuss zum Lebensunterhalt. Dafür erhielt Tok Tang Informationen oder den einen oder anderen Dienst. Dem Dicken, wie er in diesen Kreisen genannt wird, waren Tims Tätigkeiten wohlbekannt.

Seine Frage verlockte Xu Yun zu sagen: »Er ist neuerdings sogar für die Energieversorgung unserer Stadt zuständig.« Er glaubte, er habe Tok Tang damit eine Neuigkeit mitgeteilt.

Der Dicke seufzte hörbar. »Ja, wir Chinesen vertrauen lieber Fremden, obwohl wir stark sind. Wir handeln ungern. Ein Weißer würde tätig sein. Wir Daoisten meinen, dass sich die Harmonie von selbst herstellt. Die anderen hingegen suchen nur ihren Vorteil. Sie verstehen nicht unsere humane Gesinnung.«

Xu Yun sah ihn forschend an. Tok Tang verneigte sich demutsvoll mehrere Male.

Xu Yun zögerte. Noch war er unsicher, ob sein Gegenüber die chinesischen Werte ebenso schätzt wie er. Darum lenkte er das Gespräch wieder auf seine Familie:

»Sie sind ein Freund meines Vaters. Sie wissen, dass meine Eltern nicht mehr unter den Lebenden weilen.«

Tok Tang nickte mit einem bewegenden Seufzer. »Ja, ich weiß. Die Guten sterben.« Er beugte sich vor, als würde er ein Geheimnis verraten: »Darum müssen wir, die Überlebenden, zusammenstehen und den Geist unserer Ahnen ehren.«

Tok Tang hoffte nun, dass die Erinnerung an seine Vorfahren Xu Yuns Zurückhaltung brechen würde. *Wenn er ein gläubiger Daoist ist, beißt er an*, dachte er.

So war es. Xu Yun platzte heraus:

»Ich will diese Langnase untragbar machen für meinen Arbeitgeber und damit auch für mich. Aber wie kann ich das erreichen, ohne dass die geringste Spur eines Verdachts auf uns Chinesen fällt?«

Es entstand eine Pause, in der Tok Tang zu überlegen schien. Dann sprach er, langsam, die Handflächen nach oben öffnend: »Ich wüsste schon wie, leider sind die dazu nötigen Informationen streng geheim.«

Xu Yun war noch unsicher, ob er dem Dicken trauen kann.

Tok Tang merkte das Zögern und versicherte: »Glauben Sie mir, ich bin wie Sie ein gläubiger Chinese. Wir Daoisten müssen den Teufelskreis der Kolonialherren durchbrechen. Sie, mein lieber Xu Yun, besitzen das Wissen, wie die Stadt mit Energie versorgt wird.« Er fügte drängend hinzu: »Ihre Ahnen warten auf ein Zeichen von Ihnen!«

Er sah den Raketenfachmann beschwörend an.

Xu Yun musste seine Schwester vor dem Weißen retten. Als Chef der Raketentechnik besaß er auch Dokumente über die Versorgung der Stadt mit Energie.

Gibt es Probleme mit der Energieversorgung durch Tok Tangs Tun, wird Stellung und Ansehen Turners beschädigt. Das hoffte er. *Ich muss für Lu-ni handeln, selbst wenn ich dadurch meine Pflicht gegenüber meinem Arbeitgeber verletze. Jeder Chinese versteht das.*

Xu Yun öffnete eine Schublade, entnahm ihr ein Schriftstück und legte es auf den Tisch. Tok Tang musste nur zugreifen.

»Das haben Sie nicht von mir erhalten«, zischte Xu Yun. Er fühlte sich von widersprechenden Zwängen zerrissen. Eine kurze Beugung seines Oberkörpers zeigte an, dass er die Unterredung mit Tok Tang für beendet ansah.

Der Dicke radelte auf der gleichen Spur zurück, auf der er gekommen war. Das Schriftstück war in seiner Kleidung verschwunden. Mehrere Male hielt er an und verbeugte sich dankbar. Xu Yun nahm diese Höflichkeiten nicht wahr.

***

Lu-ni war zur Erde zurückgekehrt. Sie plante in ihrem Studio in Peking eine neue Reportage und suchte Kühlung vor der Schwüle. Die Klimaanlage war ausgefallen. Der Ventilator an der Decke erwies sich bei dieser Hitze als nutzlos. Im Bad wollte sie sich durch Wasser Abkühlung verschaffen. Vergeblich. Eine lauwarme Brühe floss aus dem Wasserhahn.

Die Dokumentation muss fertig werden, trieb sie sich an. Vor ihr lag ein Wust von Interviews mit Geschäftsführern von Weltkonzernen. *In ihrer Gier nach Macht sind sie blind vor den Kräften der Natur. Ich muss ihre Dummdreistigkeit aufzeigen,* waren ihre Gedanken.

An diesem Report arbeitete sie seit Tagen. Ihr Herz jubelte. Die Interviews mit Bossen von Weltunternehmen waren nahezu beendet, und Tim hatte angekündigt, nach Peking zu kommen.

Der Arme muss sich umstellen von seinem klimatisierten Zuhause auf dem Mond in unsere schwül-heiße Stadt.

Der Morgen graute. Die Luft hatte sich nicht abgekühlt. Erschöpft legte sie sich auf eine Matte und schlief ein. Es war ein unruhiger Schlaf. Sie hörte ihren Bruder: »Widerlich« rief er und wieder höhnte er »widerlich«. Sie stöhnte jedes Mal, als hätte sie ein Peitschenhieb getroffen. Da erschien ihr Vater und Xu Yun verstummte. »Ich liebe ihn«, hörte sie sich sagen. »Er ist ein Kolonialherr, widerlich,« knurrte ihr Bruder. »Ich liebe ihn«, rief sie trotzig. »Nach Harmonie muss er streben«, entschied ihr Vater, »dann ist Liebe nicht widerlich.«

Lu-ni wachte auf. »Mit Harmonie ist Liebe nicht widerlich«, lallte sie. Von nun an hatte sie einen erholsamen Schlaf.

In diesem Frühjahr trafen sich Lu-ni und Tim, wann immer es ihnen ihre Zeit erlaubte. Ihre Körper befanden sich auf der Erde, aber ihre Gefühle füreinander waren im Himmel.

Der Monat Mai war in dem Jahr 2054 wieder sehr heiß. Lu-ni und Tim nahmen Urlaub und mieteten ein Hausboot. In ihm erkundeten sie Flüsse und Kanäle rings um Peking und lernten einander besser kennen. Sie steuerten das Boot am Ufer entlang, schützten sich vor der erbarmungslos brennenden Sonne unter den weit ausladenden Ästen von Trauerweiden. Abends sprangen sie zur Abkühlung splitternackt in den Fluss, und nachts träumten sie von ihrer nie endenden Liebe.

Am dritten Tag ihres Urlaubs erhielt Lu-ni eine Nachricht von einem ihrer Mitarbeiter. Aufgeregt bat er sie: »Kommen Sie schnell in Ihr Büro. Ihr Bericht über kriminelle Konzerne soll nicht gesendet werden.«

Sie hatte schon zuvor von Gerüchten über dem Stopp ihrer neuen Reportage gehört. Trotzdem wollte sie nicht glauben, was ihr Mitarbeiter sagte. Sie eilte in die Stadt und ließ Tim auf dem Boot zurück. Sie versprach, bald zurückzukommen.

Tim wartete bis tief in die Nacht. Lu-ni blieb jedoch in Peking bis zum folgenden Tag. Auf seine Frage, was vorgefallen war, antwortete sie nicht. Er ärgerte sich über ihr Schweigen mehr als über den vergällten Urlaubstag.

Erst nach Jahren erfuhr er von Lu-ni, dass Xu Yun in seiner schroffen Art ihren Mitarbeiter grob angefahren hatte. Dieser war durch Xu Yuns robuste Art derart eingeschüchtert, dass er Lu-ni unter dem beruflichen Vorwand aus dem Urlaub zurückrief. Und sie war auf die Finte hereingefallen.

Als sie Tim davon erzählte, hatte er Xu Yun wegen des Schwindels kritisiert. Doch Lu-ni schüttelte den Kopf.

»Tadle ihn nicht allzu sehr«, hatte sie Tim gebeten. »Denn während wir mit dem Boot unterwegs waren, musste er vor einem Ausschuss in Peking Rede und Antwort stehen. Man warf ihm falsche Berichterstattung bei der Erforschung der Planetoiden vor. Das hatte er geschluckt. Aber er vertrug nicht, wie herablassend er von den Politikern behandelt wurde. Einer tadelte ihn unter dem Beifall aller, weil seine Sonden bei den kilometergroßen Asteroiden zwischen Mars und Jupiter nichts Brauchbares gefunden haben. Langatmig habe man ihn auf die Bedeutung der Planetoiden zur Rohstoffversorgung hingewiesen, als ob er das nicht wusste.«

Lu-ni erinnerte sich, dass er noch ganz aufgebracht war, als er ihr die Befragung schilderte.

»Aber es gibt einen weiteren Grund, seine Hinterlist zu entschuldigen«, hatte sie gemeint:

»Er hatte nicht nur wegen des überheblichen Umgangs durch die Politiker schlechte Laune. Die hatte er immer, wenn er auf die Erde zurückkehrte. Sein körperlicher Zustand bereitete mir Sorgen. In den vielen Jahren, in denen er auf dem Mond arbeitete, haben sich bei ihm Muskeln und Knochen rückgebildet.«

Tim war ihr ins Wort gefallen: »Du willst seinen Streich entschuldigen, doch gegen diesen Verfall sind in der Mondstadt für alle Menschen Rollstühle vorhanden.«

»Du kennst ihn nicht wie ich«, hatte sie Tim entgegnet. »Ich traue ihm zu, dass er die ihm lästigen Bremsen, die dem körperlichen Verfall auf dem Mond stoppen sollen, in seinem Rollstuhl überbrückt hat. Denn immer wenn er in das Schwerefeld der Erde zurückkehrte, verursachte ihm jede Bewegung starke Schmerzen. Du kannst dir vorstellen, dass die Begegnung mit Politikern und diese Leiden seine Stimmung nicht gehoben haben.«

»Selbst wenn das stimmt, war es kein Grund, uns den Urlaub zu vermiesen«, bestand Tim auf seinem Tadel.

Lu-ni hatte ihn darauf liebevoll angelächelt: »Ja, aber er wollte noch ein Problem lösen. Ein sehr Persönliches. Es hatte mit mir zu tun. Er war fest entschlossen, mich zu überreden, meine Beziehung zu dir aufzugeben.«

»Warum hast du es mir damals nicht erzählt?«, hatte Tim gefragt.

»Ich war nicht sicher, ob dir unsere besondere Wertschätzung der Familie bekannt war. Sie darf niemals in Frage gestellt werden. Heute weiß ich, dass ich dir vertrauen kann.«

»Aber sag mir, Liebes, wie hat er versucht, uns zu trennen?«

»Wortreich beschwor er mich, und ich hörte ihm geduldig zu. So behauptete er: ›Du weißt, dass die Weißen sich anders verhalten als wir Chinesen. Unser Denken können sie nicht nachvollziehen, unser Fühlen ist ihnen fremd. Besonders trennt uns ihre Gesinnung, die nicht auf Harmonie ausgerichtet ist. Sie ehren ihre Vorfahren nicht so wie wir. Bedenke, die Generationen vor uns haben unter ihrer Kolonialherrschaft gelitten!‹ Dann setzte er das für uns schärfste Argument ein. Er berief sich auf unsere Ahnen und sagte: ›Wenn sie sehen, dass du mit einem Weißen zusammenleben willst, verlieren sie ihre Gesichter‹.«

»Und wie hast du darauf reagiert?«, hatte Tim gefragt, da sie nicht weitersprach.

»Er ist mein Bruder«, hatte sie geantwortet. »Es schickt sich bei uns nicht, den Älteren zu unterbrechen. Einige Zeit verging, bis ich ihm antwortete.«

Sie sprach aber wieder nicht weiter. Vielmehr hatte sie den Kopf verschämt gesenkt, um ihr Erröten zu verbergen. Dann hatte sie ihn selbstbewusst gehoben und Tim angesehen.

»Nein, habe ich geantwortet. Unsere Ahnen werden sagen: ›Sie liebt einen Menschen, und wir sind gespannt auf den Sohn, den sie gebären wird.‹ Dich aber, dich strafen sie mit Verachtung, weil du ein dürrer Zweig bist, den keine Frau für begehrenswert hält.«

Tim konnte sich gut an das Gespräch erinnern, das lange nach der Bootsfahrt stattfand. Denn sie hielten sich danach fest umschlungen, als gäbe es nichts, was sie jemals voneinander trennen könne.

Xu Yun war nach der für ihn erfolglosen Unterredung mit seiner Schwester verärgert zum Mond zurückgekehrt. Er hoffte auf ein Ereignis, das zur Trennung Lu-nis von dem Weißen führt.

Kapitel 2

Der Putsch

In Lu-nis Wohnung hingen an einer Wand Teppiche mit chinesischen Schriftzeichen. Das einzige Wort, das Tim erkannte, war ›Harmonie‹. Er versuchte, den ganzen Text zu entziffern. Lu-ni half ihm: »Es lautet: ›Das Streben nach Licht gibt den Dingen Harmonie‹. Das ist ein Spruch von Konfuzius.«

»Und wie strebst du nach Licht?«, fragte Tim.

»Indem ich in meiner nächsten Reportage die dunklen Machenschaften von Weltunternehmen durchleuchte.«

»Dieser Bericht wird aber deren Eigentümer stören«, entgegnete Tim. »Dein Ziel ist doch ein harmonisches Zusammenleben aller Menschen.«

Lu-ni schüttelte missbilligend den Kopf. *Harmonie ist wie ein Punkt am Horizont,* dachte sie. *Niemals zu erreichen.*

Sie unterbrach aber Tim nicht beim Weiterreden.

»Du legst dich mit den reichsten und damit mächtigsten Menschen der Welt an, wenn du ihre unlauteren Geschäftsideen publizierst. Ein ausgewogenes Dasein miteinander erreichst du nicht mit einer Kampfansage an eine Gruppe. Wenn du diesen Leuten auf die Finger schaust, dann werden sie dich bekämpfen, und nicht nur auf die feine Art.«

»Das weiß ich. Darum nenne ich keine Namen. Ich dokumentiere ihre Methoden, mit denen sie ihre Macht missbrauchen.«

»Du meinst Bestechungen?«

»Ja, unter anderem. Ich schildere auch die Tricks, mit denen sie Gesetze umgehen. Sie sind maßgeblich verantwortlich für die Hitze, unter der wir alle leiden.«

Tim wollte Lu-ni unterbrechen. Unbeirrt sprach sie weiter: »In ihrer Gier nach Macht zwingen sie die Regierungen, ihren Interessen zu folgen: Du meinst wohl immer noch, dass bei uns das Volk herrscht? Irrtum, Tim! Die Weltfirmen beherrschen alles.«

»Du übertreibst!«

»Nein, die Multis bewirken, dass Regierungen Lieferungen von lebenswichtigen Stoffen an sogenannte Schurkenstaaten verhindern, oder den Kauf von Produkten aus missliebigen Staaten blockieren. In den boykottierten Staaten sind die Folgen für die Bevölkerung, Hunger und Elend. Aber auch in den Staaten, die willig die Wünsche der Weltfirmen übernehmen, entsteht Massenarmut. Ich erfuhr, dass sie sogar Überweisungen für gelieferte Waren in ihnen lästige Länder sperrten, denn sie beherrschen auch den Finanzverkehr.«

»Was geschah dann?«, fragte Tim.

»Die Wirtschaft brach zusammen, und das Volk rebellierte gegen seine Regierung. Die wahren Verursacher der Misere blieben verschont. Aus Angst vor einem ähnlichen Volksaufstand behandelt jeder Staat die Multis mit Samthandschuhen.«

Tim schüttelte den Kopf: »Natürlich bin ich ebenso empört über deren unredliche Machenschaften wie du. Wir können jedoch die Welt nicht ändern.«

»Tim, wer denn sonst, wenn nicht wir? Wir können die Menschen über die Ausbeutung der Erde durch die Multis informieren. Wir müssen sie über die ungezügelte Gier dieser Konzerne aufklären. Wir können helfen, die von Weltfirmen in Gang gesetzte Klimaänderung und den Zerfall der Gesellschaft zu stoppen. Wer denn sonst kann das leisten, wenn nicht wir?«

Lu-ni sprach in ihrer recht ruhigen Art. Tim widersprach ihr erneut: »Die von dir aufs Korn genommene organisierte Wirtschafts- und Finanzmacht kann ihren Einfluss nicht auf die ganze Welt ausüben. Ein gutes Beispiel ist mein Arbeitgeber, die chinesische Weltraum-Agentur. Sie hat die Mondstadt gebaut, ohne dass die Multis ihre Hände im Spiel hatten. Ihrer Gier sind Grenzen gesetzt. So allmächtig, wie du sagst, sind die Multis nicht.«

Trotz des Widerspruchs blieb Lu-ni ruhig. Sie sah Tim freundlich an. »Was ich dir jetzt sage, das muss unter uns bleiben.«

Tim nickte.

»Ich erfuhr, dass ein Unternehmen durch Bestechung versucht hat, Einfluss auf die Mondstadt zu erlangen. Sie wollen die Rohstoffe auf dem Mond zur Vergrößerung ihrer Herrschaft auf der Erde nutzen. Man versicherte mir, dass der Versuch geplatzt ist. Mir reicht eine solche Erklärung nicht. Ich frage mich, was das organisierte Verbrechen als Nächstes plant, um seinen Hunger nach Macht über unsere Mondstadt und den Mond zu stillen.«

Tim sah sie sorgenvoll und zärtlich an. »Sei vorsichtig, Liebes. Ich kann nicht leben, wenn dir etwas zustößt.«

»Ich will, dass die Reportage gesendet wird. Tim, bitte hilf mir, meine Aufgabe zu erfüllen. Ich will informieren, so dass alle Menschen nach Harmonie streben. Ich muss gegen die rücksichtslosen Ausbeuter vorgehen.«

Tim ging zu ihr. Sie erhob sich. Ihre Meinung über die Größe der Macht und die unstillbare Habgier der Konzerne blieb unterschiedlich. Sie umarmten sich. Ihre Körper entschieden, dass entgegengesetzte politische Auffassungen keine Bedeutung haben für ihre Liebe.

In seiner Firma saßen auf kunstvoll verzierten Kissen Tok Tang und Lu-ni einander gegenüber. Den langen, niedrigen Tisch zwischen ihr und dem Dicken empfand sie wie eine wohltuende Schranke. Auf der einen Seite der über ein Imperium herrschende Magnat, auf der anderen sie, die kleine Fragestellerin.

»Es muss zwei Jahrzehnte her sein, als wir uns zuletzt gesehen haben,« sagte Tok Tang verbindlich. Er war kein Freund von Reportern, wenn er sie nicht kontrollieren konnte. Auf das chinesische Staatsfernsehen hatte er noch keinen Einfluss. Also hatte er keine unmittelbare Macht über Lu-ni.

»Ja«, erwiderte sie, »mein Vater gab mir die Ehre, seine Gäste mit Tee zu bedienen.«

»Wie ich höre, planen Sie eine Reportage über Konkurrenten von mir.«

»Sie müssen gute Informanten besitzen«, bestätigte sie ihn.

»Kenntnisse über Menschen zu haben, was sie mögen und was sie verabscheuen, ist notwendig, wenn man im Konkurrenzkampf überleben will, meine liebe Lu-ni. Ich darf Sie doch so nennen?«

Auf seine Frage ging sie nicht ein. Vielmehr antwortete

sie: »Dann wird es für Sie von Belang sein, wenn ich in der Reportage Ihren Konkurrenten unangenehme Fragen stelle.«

Tok Tang grinste: »Warum sind Sie nicht gleich zu mir gekommen? Ich hätte Ihnen Auskunft über deren Schurkerei geben können. Das hätte Ihnen, verehrte Frau Xu Lu-ni, einige Wege erspart.«

»Dann erzählen Sie mir doch mal von den Tricks der anderen.« Sie blickte ihn freundlich an.

»Sind Sie immer so direkt?«, fragte er verwundert und ging auf das Spiel ein. »Was erhalte ich dafür?«, wollte er wissen.

»Informationen darüber, wer wen wie bestochen hat,« strahlte sie Tok Tang an.

»Ich glaube nicht, dass Sie mir damit Neuigkeiten liefern werden«, amüsierte sich der Dicke.

Lu-ni erwiderte angriffslustig: »Oder wer versucht hat, Einfluss auf Aitken Town zu erhalten.«

Tok Tang lachte über sein breites Gesicht. »Diese Dummköpfe, als ob man durch Bestechung dort sein Ziel erreichen kann!«

»Wie würden Sie denn vorgehen?«

»Sie gefallen mir, Frau Xu Lu-ni, mit ihren direkten Fragen.« Seine Heiterkeit war verflogen. Diese Reporterin, die einst Dienerin war und ihm Tee gereicht hatte, brachte ihn in Verlegenheit.

Er entschloss sich, die Göre ebenso unverschämt anzugreifen »Sie erwarten doch nicht, dass ich darauf antworte.«

»Haben Sie denn etwas zu verbergen?« Lu-ni ließ nicht locker. »Sie handeln mit Rohstoffen. Da ist Ihnen der Mond als Rohstoffquelle ein willkommenes Objekt, wenn die Lager auf der Erde zur Neige gehen.«

Für einen Moment war er sprachlos. Dann sagte er: »Wenn Sie mir versprechen, es nicht in Ihrer Reportage zu verwenden, enthülle ich Ihnen ein Geheimnis.«

Lu-ni schaute ihn lächelnd an. Er nahm es als Zustimmung. »Es gibt auf der Erde Rohstoffe, die noch lange, lange reichen. Ihre angebliche Knappheit ist ein Trick der Börsianer und der Händler.«

»Sie sind auch ein Rohstoffhändler«, unterbrach sie ihn.

»Mein liebes Kind – verzeihen Sie, wenn ich Sie so anrede, verehrte Frau Xu Lu-ni –, die Welt ist nicht so, wie wir sie uns wünschen. Wenn die Konkurrenz die Preise nach oben treibt, wäre ich ein Dummkopf, wenn ich dabei nicht mitspielen würde. Aber jetzt müssen Sie mich entschuldigen. Ich habe eine Verabredung, bei der es um Schürfrechte in der Antarktis geht.«

Tok Tang stand auf. Er verbeugte sich tief. Damit war das Interview beendet.

In ihrem Büro strich sie Tok Tang von der Liste der bösartigen Magnaten. Sie dachte: *Er ist ein Mitläufer, aber kein Drahtzieher. Er nimmt, was er bekommen kann, aber er organisiert nicht den Betrug. Ich würde gerne wissen, was mein Vater von ihm gehalten hat.*

Tage später hatte sie den Sendeleiter zu einem Gespräch in ihr Büro gebeten. Er hatte geäußert, wegen ihres Angriffs auf Großunternehmen die Reportage nicht zu senden. Für sie gehörte aber jede Aufklärung zu ihrer Lebensaufgabe gemäß dem Motto: Das Streben nach Licht gibt den Dingen Harmonie.

Der Sendeleiter war zur vereinbarten Zeit nicht gekommen. Sie betrachtete eine Tapete in ihrem Arbeitszimmer. Auf ihr waren Berge, Flüsse, Felsen und Seen dargestellt. Der Mensch und die von ihm geschaffene Welt erkannte sie darauf nicht. Doch, eine Pagode war vorhanden, aber sie fiel kaum auf. Es gehörte zu Lu-nis daoistischen Weltsicht, dass sich der Mensch der Natur unterzuordnen habe. Die Wandtapete strömte ihr Ruhe zu. Nicht hektisches Handeln folgte ihrer Betrachtung, sondern Gelassenheit im Tun. Sie blickte auf die Darstellung einer in sich ruhenden Welt, und sie blieb gelassen angesichts des Fernbleibens des Sendeleiters. *Wenn er die Reportage blockiert,* so dachte sie, *gehe ich zurück zur Agentur in meiner Heimat.* Sie blieb ruhig bei dem Gedanken, ihre Arbeit bei dem Sender aufzugeben.

Sie sah auf eine andere Wand in ihrem Büro. Die bestand aus einer Anzahl von Bildschirmen, auf denen aktuelle Vorgänge oder Kontaktnachfragen angezeigt wurden. Auf einem erschien die Meldung: »Xu Yun möchte Sie sprechen.«

Kaum hatte sie eingeschaltet, polterte ihr Bruder los:

»Mi hat den Notstand für unsere Stadt ausgerufen.« Empört fügte er hinzu: »Zwei Sonnensatelliten sind ausgefallen!« Er wiederholte: »Zwei!«

»Was, Notstand? Was, Satelliten liefern keine Energie? Was ist denn los bei euch?«, fragte sie erschrocken.

»Was los ist? Ich sagte es doch«, antwortete er. »Ich sagte, zwei Sonnensatelliten sind ausgefallen und die Langnase, der du schöne Augen machst, versagt jämmerlich. Kannst du dir den Umfang des Produktionsausfalls vorstellen? Das wird Folgen haben und auch Konsequenzen für ihn! Alles wegen seiner Schludrigkeit.«

Lu-ni reagierte nicht auf den Vorwurf. Er verschärfte die Attacke: »Berichte über sein Versagen. Und vergiss nicht die nachlässige Art zu kritisieren, wie er mit seinem Personal umgeht. Die tanzen ihm auf seiner langen Nase herum. Sie denken nicht daran, mir zu antworten. Sie spielen Karten und wollen nicht gestört werden. Unglaublich! Turner duldet solche Arbeitshaltungen.«

»Ich will gleich Kontakt mit ihnen aufnehmen, und danach …«

Sie konnte nicht weitersprechen, denn ihr Bruder unterbrach sie: »Du wirst keine Verbindung mit den Leuten erhalten. Sie haben ihr Empfangsgerät abgeschaltet. Was für ein Skandal! Das ist Sabotage, für die Turner verantwortlich gemacht werden muss. Ich habe zu tun. Erfülle auch du deine Pflicht.«

Lu-ni versuchte nach dem Gespräch, Kontakt mit den Satelliten zu erhalten. Zwei reagierten nicht, wie es ihr Bruder vorhergesagt hatte. Der dritte Satellit war gerade außerhalb des Empfangsbereichs.

Sie wollte mit Tim sprechen. An seinem Arbeitsplatz in Aitken Town antwortete er nicht. Auch der Anschluss von Dr. Mi blieb stumm.

Da erschien auf einem ihrer Bildschirme ein Video. Sie sah einen nach alter chinesischer Art geschmückten Raum. Ein schwarzer Teppich mit einem zum Sprung ansetzenden goldenen Löwen mit großer roter Zunge fiel ihr auf. Ein sechseckiges Lampion hing von der Decke und spendete Licht. Auf einer Matte saß Tok Tang. Er trug, der Tradition entsprechend, ein reich besticktes Hemd. xxx

An einer Wand war auf einer Papierrolle ein Berghang zu sehen mit einem Bauern und seinem Ochsengespann.

In der Ferne waren auf der Darstellung Hochhäuser einer Großstadt sichtbar. Mit einem Lächeln wandte sich Tok Tang an die Zuschauer:

»Als guter Chinese bin ich stolz auf das achte Weltwunder, ich meine, auf unsere Stadt unter der Mondoberfläche. Sie ist von uns und für uns gebaut worden. Keine Nation hat bisher Ähnliches erreicht. Wir sind die Tiger der Technik in der Welt. Mit einem großen Satz sprangen wir zur Spitze der Wissenschaft im 21. Jahrhundert und überholten alle anderen Mächte. Das wird uns geneidet.«

Freundlich nickte er in die Kamera, ehe er seine Rede fortsetzte:

»Mir wurde gemeldet, dass die Versorgung mit Energie für unsere Mondstadt unterbrochen ist. Das ist höchst bedauerlich. Ich bin überzeugt, liebe Landsleute, dass fremde Staaten, die uns Ruhm und Anerkennung neiden, ihre schmutzigen Finger im Spiel haben. Wir dürfen nicht zulassen, dass sie unsere Stadt auf dem Mond zerstören. Dem müssen wir entschieden entgegentreten.«

Während er dies sagte, breitete Tok Tang die Arme aus, als wolle er seine Landsleute umfassen, um sich mit ihnen gegen die Schmach zu wehren, die Fremde seinem Land zufügten. Er senkte demütig seinen mächtigen Kopf. Dann hob er ihn wieder und sprach weiter:

»Wenn die Regierung uns bittet, wird meine Firma sofort die Behebung der Mängel vornehmen. Wir wollen dadurch keinerlei Vorteile gewinnen. Nein, liebe Freunde! Uns geht es nur um dieses einzigartige Bauwerk unter der Oberfläche des Mondes. Es muss für die chinesische Nation erhalten bleiben.«

Lu-ni betrachtete skeptisch den ›Mitläufer‹, der sich binnen kurzem in einen Wohltäter verwandelt hat. Freundlich lächelnd erklärte er:

»Ich habe nur eine einzige Forderung und Sie stimmen mir sicher zu, dass sie erfüllt werden muss. Mein Wunsch ist, dass die Verantwortlichen zur Rechenschaft gezogen werden. Das geschieht am besten, wenn das bestechliche Personal durch gute und fähige Chinesen ersetzt wird. Liebe Landsleute, bedenken Sie! Eine Million Menschen droht der Tod. Solche hinterhältigen Handlungen dürfen sich niemals wiederholen. Mit den Fachkräften aus meiner Firma garantiere ich die Sicherheit der Mondstadt. Unterstützen Sie mich. Üben Sie Druck auf die chinesische Regierung aus, um dieses Angebot anzunehmen.«

Damit endete das Video.

Lu-ni hatte in ihrer Recherche über Weltfirmen erfahren, wie rücksichtslos mächtige Konzerne gegen die Natur und auch gegen ihresgleichen vorgehen. Sie stellt sich vor, was Tok Tang plant:

Dank seines Spitzelsystems kennt er alle Konkurrenten, von denen es einem gelungen ist, die Energiezufuhr zu unterbrechen. Dieser Fremde wird der chinesischen Regierung anbieten, die Menschen in der Mondstadt aus der Todesgefahr zu befreien. Als Gegenleistung will er das Recht erhalten, die Rohstoffe auf dem Mond für sein Unternehmen zu nutzen.

Sie erinnerte sich dunkel, dass ihr Vater Tok Tang einen windigen Geschäftsmann genannt hat. »*Wie passen fragwürdige Geschäftsideen mit dem Angebot zusammen, das er jetzt der Regierung vorgeschlagen hat?*«, dachte sie.

Darauf hat sie eine Antwort: *Er bietet Hilfe an, denn er kennt die Schwächen seines fremden Konkurrenten. Er nutzt sie und die Stadt wird befreit. Damit ist er den Rivalen los und erhält als Dank das Recht, das Führungspersonal durch ihm genehme Leute zu ersetzen. Die Ausbeutung des Mondes macht ihn im Rohstoffhandel konkurrenzlos.*

Lu-ni überlegt weiter: *Wie kann ich diesen hinterhältigen Plan von Tok Tang beweisen?*

Da erschien Tim auf einem der Bildschirme. Sofort nahm sie die Übertragung an.

»Stell dir die Katastrophe vor, wenn auch der dritte Sonnensatellit ausfallen würde«, malte er ein düsteres Bild.

»Was willst du tun?« Ihre Stimme klang fest, aber er spürte eine Ängstlichkeit darin.

»Ich bin für die Versorgung mit Energie verantwortlich. Wenn der dritte Satellit ausfällt, drohen eine Million Menschen jämmerlich zu ersticken oder zu erfrieren. Ich muss zu den Sonnensatelliten fliegen, um nach dem Rechten zu sehen.«

»Oh, nein«, erwidert sie, »Ich glaube, wir werden von rücksichtslosen Kriminellen erpresst. Flieg nicht, Tim. Such andere Wege, um die Gefahr zu beseitigen.«

Er bemerkte, wie entsetzt sie war.

»Sagtest du nicht, dass es deine Aufgabe ist, die Reportage über die Gier nach Macht von skrupellosen Weltkonzernen zu senden? Ich bin verpflichtet, die Stadt mit Energie zu versorgen. Ich werde zu den Satelliten fliegen und den technischen Fehler finden und ihn beheben. Wir kehren bald zur Normalität zurück. Warte nur ein Weilchen!«

Wie gerne hätte sie Tim von dieser Fahrt abgehalten. Aber sie wusste, dass er sich nicht davon abbringen ließ.

»Mir wird gerade mitgeteilt, dass meine Sonde startklar ist. Wenn ich zurückkehre, werde ich dir ein Rätsel aufgeben«, scherzte er, um sie zu beruhigen.

»Ich liebe dich«, sagte sie, und mit banger Stimme wiederholte sie: »Ich liebe dich.«

Das Bild von Tim verschwand auf dem Bildschirm. Sie sah ihren Vater, wie er ihr im Traum sagte: »Wenn er nach Harmonie strebt, ist Liebe nicht widerlich.« Sie sagte leise: »Er strebt danach.«

Lu-ni blickte auf eine andere Wand in ihrem Büro. Keine menschliche Behausung entdeckte sie darauf. Sie sah Bäume, die aus dichtem Unterholz herauswuchsen. An einer Stelle war ein Felsen zu sehen, der wie eine Nadel aus einem Hügel ragte und dadurch dem Ganzen Halt gab. Und etwas weiter davon entfernt waren Sturzbäche abgebildet, die einen See speisten, der die Gewalt der Wassermassen willig aufnahm. Ihre Ängste vor einer Katastrophe schwanden. Innere Ruhe erfüllte sie, je länger sie die Naturlandschaft betrachtete.

Immer wenn Ereignisse sie aufwühlten, betrachtete sie diese Wand. Sie war für sie ein Symbol für die in der Natur waltende Harmonie.

In ihrer Meditation wurde sie unterbrochen. Auf einem Bildschirm erschien das Bild von General Ch'i, dem Chef des chinesischen Geheimdienstes, der sie zu sprechen wünschte. Sie kontaktierte ihn. In seinem Gesicht war nie eine emotionale Regung zu erkennen. Er legte sofort los:

»Frau Xu Lu-ni, Sie sind informiert über die Probleme auf unserer Mondbasis.« Er wartete keine Antwort ab, sondern fuhr fort. »Um die dort lebenden Menschen zu schützen, haben wir den Notstand ausgerufen und ein Einsatzkomitee gebildet. Wir wollen aber die Öffentlichkeit nicht in Angst und Schrecken versetzen. Darum haben wir Sie, Frau

Xu Lu-ni, zur Pressesprecherin dieses Komitees ernannt. Sie sind weltweit bekannt als Frau der klaren Worte und gelten überall als vertrauenswürdig. Bitte bereiten Sie das Nötigste vor. Wir lassen Sie in das Verteidigungsministerium bringen. Haben Sie Fragen?«

Sie wollte antworten: *Ja, die habe ich: Woher wissen Sie, welche Informationen ich besitze?* Es schien ihr aber nicht der rechte Zeitpunkt zu sein, mit Ch'i über ein Abhörverbot zu diskutieren. Sie sagte nur: »Ich bin bereit.«

Stunden später betrat sie den Tagungsraum. Sie hörte die Rede eines Vertreters der Regierung: »Wir können uns Erpressungen von diesem Rohstoffhändler nicht bieten lassen. Geben wir hier nach, folgt bald eine weitere Forderung. Darum muss das Militär unverzüglich mit Waffen gegen ihn und in Frage kommende Unternehmen vorgehen.«

Ch'i widersprach. »Wenn wir jetzt die Köpfe der global arbeitenden Firmen in China verhaften, setzen auf Grund deren Verbindungen in der Welt massenhaft Proteste gegen uns ein. Wir sind hilflos gegenüber der Macht der weltweit vernetzten Globalplayer. Da sie die Medien kontrollieren, werden sie in vielen Ländern Streiks gegen China organisieren, die bei uns alles lahmlegen. Das nehmen auch unsere Leute nicht widerspruchslos hin. Und verlangen Sie nicht von uns, Herr Minister, auf Landsleute zu schießen!«

»Dann sagen Sie also, dass wir machtlos sind und den Forderungen des Rohstoffbosses nachgeben sollen?«, fragte ein Regierungsvertreter empört, und er dachte: *Wozu haben wir denn das Militär, das uns eine Menge Geld kostet und kneift, wenn wir es brauchen?*

»Keine Angst! Wir greifen ein«, antwortete Ch'i. »Jedoch

ist auch in anderen Ländern zur gleichen Zeit das organisierte Verbrechen zu bekämpfen. Sonst ist unser Kampf gegen die global arbeitenden kriminellen Firmen sinnlos und von vornherein verloren. Ich empfehle daher, über Sonderbotschafter Kontakt mit Offizieren von solchen Staaten aufzunehmen, die ebenso durch Multis verwundbar sind wie wir mit der Mondstadt.«

Das Komitee entschied sich für den Versuch, eine Koalition zu bilden. Personen wurden gewählt, die als Sonderbotschafter mit Vertretern des Generalstabs anderer Nationen sprechen sollten. Unter ihnen war Lu-ni, die zu dem NATO-General Jan van der Meulen geschickt wurde.

Zu diesem Zeitpunkt herrschte in der Zentrale von Tok Tang geschäftiger Betrieb. Mitten in dem Treiben saß er wie ein Fels in der Brandung mit einigen Managern seines Weltunternehmens.

Über sein Gesicht glitt ein Lächeln, als man ihm mitteilte, dass die chinesische Regierung eine Einsatzgruppe zum Schutz der Mondstadt gebildet hatte.

»Damit habe ich gerechnet«, grinste Tok Tang. »Wir setzen somit auch das Personal des dritten Sonnensatelliten außer Gefecht.«

Sofort gab jemand den Befehl weiter: »Die Leute auf dem verbliebenen Satelliten sind zu töten. Die Übertragung der Energie ist zu unterbinden.«

»Wir sind vorbereitet und starten in wenigen Minuten«, kam die Antwort.

Tok Tang nickte zufrieden. Er wandte sich an seine PR-Mitarbeiter. »Sie informieren über die Medien die Öffentlichkeit mit folgender Meldung:

›Unsere Regierung ist nicht fähig, die Stadt auf dem Mond mit Energie zu versorgen. Sie ist verantwortlich für die lebensgefährliche Lage, in die sie eine Million braver Landsleute gebracht hat. Die Gefahr muss sie abwenden. Kann sie es nicht, soll sie uns um Hilfe bitten. Wir können es!‹

Übermitteln Sie diese Nachricht in unterschiedlicher Form an alle Medien.«

Seine Mitarbeiter vertrauten ihm und dachten: *Was auch immer Tok Tang in die Hand nimmt, es gelingt.* Sie gehorchten bedingungslos den Anweisungen ihres großartigen Chefs.

Lu-ni kam bei General Jan van der Meulen in Brüssel an. In ihrem Archiv hatte sie zuvor gelesen, wie er in einem kleinen Zirkel seine Abscheu gegen zwei Offiziere ausdrückte.

Sie hatten den Befehl erhalten, veraltete Waffen an einen Händler zu liefern. Anstelle der ausgedienten Geräte gaben sie ihm jedoch die neuesten Exemplare. Sogar zu Spottpreisen!

General van der Meulen musste sich mit dem Skandal befassen. Er ermittelte, dass beide Offiziere ein aufwendiges Leben führten. Von ihrem Sold konnten sie sich das nicht leisten. Aber seine Ermittlungen liefen ins Leere. Es war unmöglich gewesen, ihnen Bestechlichkeit nachzuweisen.

Jan van der Meulen, ein 2-Meter-Mann, begrüßte Lu-ni mit einem Händedruck. Im Gegensatz zu ihm war sie klein, und sie befürchtete, dass er ihr bei der Begrüßung die Hand zerquetschen könnte.

Sie schilderte die Bedeutung der Sonnensatelliten und sagte: »Der Ausfall hat keine technische Ursache. Ich weiß,

Weltfirmen stecken dahinter, um sich der Rohstoffe auf dem Mond zu bemächtigen.«

Dann sprach sie sein Mitgefühl an: »Die tapferen Menschen dort oben haben gekämpft gegen die Natur. Sie haben gesiegt. Jetzt drohen sie umzukommen wegen der Gier von Superreichen nach Macht.«

Beredt empörte sie sich über das abstoßende Vorgehen von Weltfirmen, wie sie es in Erfahrung gebracht hatte: »Ihnen geht es nur um Profite, ohne Rücksicht auf Menschen, Ihr einziges Interesse gilt der Vergrößerung ihrer Macht.«

Nachdem sie ihn mit Argumenten und Beispielen gefüttert hatte, schloss sie ihre Rede mit der Erwähnung ihres Auftrags: »Wir benötigen militärische Unterstützung, Herr General, wenn wir gegen globale Konzerne vorgehen.«

Der große Mann hatte ihr geduldig zugehört.

»Ich muss Sie enttäuschen«, antwortete er. »Die Regierungen der NATO-Staaten werden nicht an Aktionen teilnehmen, die sich gegen die Wirtschaft richten. Diese ist nach Meinung der Volksvertreter die Basis der Gesellschaft. Sie ist, um jeden Preis zu schützen, selbst wenn es auch in der Ökonomie, wie überall, schwarze Schafe gibt.«

So kommentierte der General Lu-nis Ausführungen. Da sie den Kopf leise schüttelte, erläuterte er den Standpunkt der NATO erneut: »Unter den Regierungsmitgliedern sind viele, die den Schutz der Wirtschaft als die wichtigste Aufgabe des Militärs sehen.«

»Das wissen wir.« Lu-ni stockte für einen Moment. »Ich habe ein gefährliches Anliegen an Sie, Herr General.« Ihr Blick heftete sich an seine Augen. »Ich bitte Sie, uns auch ohne Zustimmung Ihrer Regierungen beizustehen. Wir verteidigen uns nicht gegen ein Land, sondern sind von einer Wirtschaftsmacht bedroht, die keine nationalen Grenzen kennt. Es herrscht ein globaler Notstand. Helfen Sie uns!«

Mit bohrendem Blick schaute sie ihm in die Augen. Er sollte ihm Mut einflößen. *Wird er sich umstimmen lassen?*, fragte sie sich.

Mit einer heftigen Bewegung stand er auf. Bald wäre sein Stuhl umgefallen. »Wissen Sie, was Sie von mir verlangen?«

Sie blickte ihn fest an.

Er setzte sich wieder. Jan war beeindruckt von ihr. In seiner Welt gab es nicht viele Personen, die ihm wie die Sonderbotschafterin sympathisch waren. Dennoch sagte er: »Eigentlich muss ich Sie sofort in Gewahrsam nehmen und Sie wegen Anstiftung zum Landesverrat vor ein Militärgericht stellen!«

Ich kenne die Praktiken weltumspannender Organisationen, dachte er. *Sie sorgen dafür, dass Personen eliminiert werden, auf die sie sich nicht blind verlassen können. Warum kann die Reporterin mit diesen schönen Augen nicht eine Agentin sein, die mich überführen soll? Eine falsche Antwort von mir, und ich lande vor einem Kriegsgericht.* Darum sagte er beschwichtigend:

»Seien Sie also vorsichtig mit Ihrem Mund, Frau Xu. Ich verstehe Sie so: Ihre Regierung will eine Firma zerstören, von der sie annimmt, dass sie das Abschalten der beiden Satelliten veranlasst hat. Sie sprechen von globalen Unternehmen. Gut, die gibt es. Wo sind aber die Beweise für die kriminellen Ziele, die Sie Konzernen unterstellen. Und noch etwas: Glauben Sie ernsthaft, diese von Ihnen beschworene multinationale Wirtschaft könne durch eine Aktion zerschlagen werden, die auf Ihr Land begrenzt ist? Das alles klingt sehr abenteuerlich, verehrte Frau Xu Lu-ni.«

»Für uns ist es keine Annahme, sondern eine Tatsache. Auch wir wissen, dass wir durch unser Vorgehen in China den brutalen Egoismus der Konzerne nicht ausrotten können.«

Sie wollte den Offizier für ihre Mission gewinnen. Lu-ni vermied nun jede Vorsicht: »Ich bin hier, um Sie zu fragen, ob wir mit Ihrer Unterstützung rechnen dürfen, wenn wir uns gegen asoziale Organisationen zur Wehr setzen.«

Sie sah in ein versteinertes Gesicht. Also griff sie an und brach die Formen der Diplomatie: »Erhalten wir Ihre Hilfe nicht, so werden auch Sie eines Tages nach Verbündeten suchen, aber keine mehr finden, die in der Lage sind, Ihnen zu helfen. Die Welt wird dann von rücksichtslosen Verbrechern beherrscht.«

Gegen eine solche Vision musste er sich verteidigen: »Ich habe einen Eid geschworen, wie alle Soldaten. Er besagt, dass wir nur die Befehle unserer vom Volk gewählten Regierungen befolgen.«

Erstaunt über ihre unfassbare Aufforderung schüttelte er den Kopf: »Vielleicht verstehe ich Sie falsch, oder wollen Sie wirklich, dass wir Soldaten den heiligen Eid brechen?«

»Ich frage Sie, Herr General, folgen sie Ihrer Regierung auch dann, wenn sie korrupt ist? Gilt Ihr Eid nicht für alle Menschen, die Sie schützen sollen? Gegen Feinde von außen und ebenso gegen solche von innen?«

»Frau Xu Lu-ni, Sie begreifen nicht, wie lebensgefährlich Ihr Anliegen ist. Sie reden sich um Kopf und Kragen. Sie schlagen mir vor, gegen meine Regierung zu meutern, also Hochverrat zu begehen. Selbst wenn ich mich damit befassen würde, was ich nicht werde, ein weltweiter Putsch erschüttert doch nicht die Allmacht Ihrer angeblich alles beherrschenden Trusts. Sie würden sofort Gegenmaßnahmen ergreifen. Und glauben Sie mir! Auf Menschenleben, ob eine Million oder mehr, kommt es dann nicht an. Es ist ein Unding von Ihrer Regierung, Sie zu schicken, um mich zur Meuterei zu überreden. Hochverrat ist nichts, womit eine Frau zu tun haben sollte. Empfehlen Sie Ihrer Regierung, keine militärischen Handlungen zu unternehmen.«

Lu-ni war enttäuscht. Sie hatte ein Zeichen der Sympathie erwartet oder zumindest eine Regung von Verständnis für Chinas Problem. Nichts hatte sie erreicht. An Jan van der Meulen prallten alle ihre Aussagen ab. Und sie, sie stand sogar der Gefahr gegenüber, als Abgesandte ihrer Regierung festgenommen zu werden.

Der General erhob sich. »Ich nehme Sie nicht in Gewahrsam, um keine Aufmerksamkeit zu erregen, sondern begleite Sie nunmehr zu Ihrem Flieger.«

Damit war für ihn das Gespräch beendet. Beide gingen über ein Rollfeld zum chinesischen Jet.

»Ihr Bericht hat mich betroffen. Aber ich kann Ihnen keine Zusagen mit auf den Weg geben.« Damit verabschiedete er sich von Lu-ni.

Diese Worte trösteten sie ein wenig.

Ihr nächster Aufenthalt war in Tokio, und er verlief mit dem gleichen Ergebnis wie der Besuch in Brüssel. Man nahm ihr Anliegen zur Kenntnis, aber vermied verbindliche Zusagen.

In Peking erfuhr sie, dass mit Aitken-Town keine Verbindung mehr besteht. Lu-ni war verwirrt. *Das ist nicht mög-*

lich, dachte sie. *So schnell kann die Energieversorgung nicht zusammenbrechen. Für diesen Fall sind große Batterien vorhanden. Sie können die Notstromversorgung für wenige Tage aufrechterhalten. Darum muss zumindest der Radiokontakt mit der Mondstadt noch funktionieren.«*

Sie wandte sich an General Ch'i:

»Der Zusammenbruch der Verbindung auf allen Kanälen, das ist schlicht unmöglich. Da muss es andere Gründe geben.«

»Sie haben recht, die gibt es«, antwortete er und fügte hinzu: »Als Frau müssen Sie die Ursachen nicht kennen.«

Lu-nis Augen blitzten vor Empörung. Verärgert war sie auch gewesen, als Jan van der Meulen sagte, dass Hochverrat nichts für eine Frau sei. Bei ihm hatte sie sich noch zurückgehalten. Hier ließ sie ihrem Ärger freien Lauf:

»Wir sind nicht nur hinsichtlich des rigorosen Wirtschaftsliberalismus in das 19. Jahrhundert zurückgefallen, sondern auch, was die Rolle der Frau betrifft«, beschwerte sie sich. Als sie das sagte, war ihre Stimme so laut, dass einige Mitglieder des Krisenstabs verwundert die Köpfe hoben, ehe sie sich wieder in ihre Arbeit vertieften.

Ch'i verweigerte ihr jede Auskunft und drängte sie sogar höflich aus dem Konferenzraum. Ihre Empörung über sein Schweigen wurde übertroffen durch die Angst um das Leben von Tim, von ihrem Bruder und das der vielen Menschen in der Mondstadt.

***

Tim hatte in der Sonde einen Flugingenieur und einen Fachmann für Felder von Solarzellen mit an Bord, um den technischen Fehler zu beheben. Bald würde die Stadt wieder reichlich Energie erhalten. Das stand für ihn fest.

Vor dem Start seiner Sonde wandte sich Xu Yun an ihn: »Die beiden Satelliten antworten mir nicht. Es ist Ihre Aufgabe, Herr Turner, ihr Personal zu disziplinieren.«

»Ich führe meine Mitarbeiter, wie ich es für richtig halte. Darin müssen Sie mich nicht belehren«, antwortete Tim.

Er ist manchmal überspannt, beurteilte Tim ihn.

So sehr er Lu-ni liebte, so wenig hatte er bisher einen Zugang zu ihrem Bruder gefunden. Dessen Tadel über seine Personalführung ärgerte ihn.

Andere Gedanken kamen ihm. Er vermutete, dass der Stopp der Produktion in den Medien der Welt hämisch dargestellt werden würde. Er ahnte die Überschriften: »Chinas Griff nach dem Mond ein Reinfall«, oder »Chinas Regierung opfert eine Million Menschen einem Prestigeobjekt«.

Er wusste, sein Leben war nicht in Gefahr. Aber die Öffentlichkeit verlangt nach Schuldigen. Er würde Rechenschaft ablegen müssen. *Doch das Defizit wird sich in Grenzen halten, denn der technische Fehler wird bald behoben sein.* Tim war guter Dinge.

Wieder kehrten seine Gedanken zu Lu-ni zurück. *Wie aufgeregt sie war*, erinnert er sich an das letzte Gespräch mit ihr. *Sie ist Reporterin*, erklärte er sich ihre Aufgeregtheit. *Sie ist auf Konflikte trainiert. Die Meldung ›Sonnensatelliten repariert‹ ist keine erwähnenswerte Nachricht. Aber ›Kriminelle unterbinden Energieversorgung der Mondstadt‹ ist eine Meldung, die alle Agenturen der Welt veranlasst, Einzelheiten zu erfahren.*

Seine Sonde befand sich inzwischen bei einem Satelliten.

Der Fachmann überprüfte die Felder mit Photozellen. »Ich sehe nichts, das den Ausfall der Energie erklärt. Auch Zerstörung durch Meteoriten schließe ich aus«, urteilte er.

Tim forderte den Flugingenieur auf: »Melden Sie uns zum Andocken an. Wir wollen drinnen nach Fehlern suchen.«

»Dr. Turner bittet um Erlaubnis anzudocken«, rief der Ingenieur wiederholt. Da keine Antwort kam, wurde er ungehalten: »He, ihre Schlafmützen! Wir wollen euch sehen. Lasst uns rein!«

Der Satellit blieb stumm. »Das ist noch nie vorgekommen. Sollen wir mit Gewalt eindringen?«, fragte der Ingenieur.

Tim überlegte: »Nein. Ehe wir Schaden anrichten, wollen wir die beiden anderen überprüfen. Steuern Sie den nächsten an«, befahl Tim.

Aber auch bei diesem erhielten sie keine Antwort auf den Wunsch zum Andocken.

Der dritte Satellit, über den die Mondstadt noch versorgt wurde, beantwortete ihre Bitte, allerdings nicht so, wie sie es sich gewünscht hatten:

»Regierungsvertreter wollen uns besuchen. Ihre Fähre hat die höchste Priorität. Wir erwarten die Abordnung bald. Halten Sie sich fern von unserer Station!«

Tim erkundigte sich bei Xu Yun, ob er über eine solche Sonde informiert wurde.

»Nein«, stöhnte er ärgerlich. »Sie ist nicht gemeldet, weil es sie nicht gibt. Ich müsste es wissen. Für sämtlichen Verkehr ist allein mein Büro zuständig.«

Xu Yun war verärgert, besonders über Tims Personalführung. »Dieser Turner ist eine völlige Fehlbesetzung«, knurrte er. »Ich muss Ch'i fragen, wer ihn zum Chef der

Versorgung mit Energie gemacht hat. Jetzt haben wir die Quittung. Er vertraut sogar den Lügengeschichten seines Personals. Sie sprechen von einer Fähre von der Erde, und dieses Weichei glaubt es.«

Tim vermutete nach Xu Yuns entschiedenem »Nein«, dass doch etwas im Gange war, von dem Lu-ni sprach. Er kontaktierte den Verantwortlichen des Solarsatelliten und log:

»Wir sind die Sonde, die bei euch andocken soll. Geben Sie den Weg frei für uns!«

»Aber Sie kommen nicht von der Erde«, argumentierte der Leiter der Station.

»Sie erwarten doch nicht, dass ich den Feldern mit den Photozellen nahekomme. Darum sind wir aus Richtung Mond gekommen. Nun lassen Sie uns endlich rein!«

Zögernd gab der Kommandant des Satelliten den Weg frei zur Andockstation. Tim stellte fest, dass Empfang und Weiterleitung der Energie wie erwartet normal liefen. Dann wollte er die Nachricht sehen, mit der die Sonde von der Erde gemeldet worden war.

Xu Yun braucht eine noch größere Brille, unkte Tim, nachdem er sie gelesen hatte. *Die Ankündigung ist einwandfrei und von einem hohen Regierungsmitglied unterzeichnet. Wie kann er das übersehen?*

Noch dachte er über Xu Yun nach, da zeigte der Radioingenieur des Satelliten auf einen Punkt seines Radarschirms. »Sehen Sie! Sehen Sie!«, rief er aufgeregt. »Dort, ein Flugobjekt von der Erde! Es fliegt auf uns zu!«

»Turner, Sie haben mich angelogen«, schrie der Kommandant voller Zorn. »Sehen Sie! Hier kommt die angekündigte Sonde mit der höchsten Priorität.«

Die drei Männer sahen auf den Bildschirm. Aber was

sie dort erblickten, war kein sich nähernder Flugkörper. Sie schauten in eine riesige Sonne, die den ganzen Schirm ausfüllte. In diesem Moment heulte die Alarmsirene. Auf dem Informationsschirm war zu lesen:
HOHE STRAHLUNG
SICHERHEITSKLEIDUNG ANLEGEN
HÖCHSTE GEFAHRENSTUFE
Alle schlüpften sofort in ihre Sicherheitsanzüge, obwohl sich keiner vorstellen konnte, in was für eine »Sonne« zwischen Erde und Mond er geblickt hatte.

»Alle Kontakte abgebrochen!«, schrie der Radiomann voller Entsetzen. »Nichts ist zu hören! Wir sind völlig abgeschnitten. Alle Geräte sind ausgefallen! Was ist denn los?«

»Keine Hektik, Leute«, beruhigte sie der Kommandant. »Seht, die Notstromversorgung hat sich eingeschaltet.« Allen fiel ein Stein vom Herzen.

»Die Klimaanlage funktioniert!«, rief einer.

»Na also«, meinte der Kommandant, »wir werden von der Sonne nicht gebraten und im Schatten des Mondes erfrieren wir nicht.«

»Und wir ersticken auch nicht«, fügte Tim hinzu, denn er sah, dass der Gasaustauscher arbeitete.

Was sie unsagbar bedrückte, war die Ungewissheit. *Was war geschehen? Warum war dies passiert? Wer war dafür verantwortlich?*

Werden wir es jemals erfahren?, fragten sie sich.

***

An jenem Tag geschah es: Einheiten des Generals Ch'i setzten fragwürdige Personen fest. Militär drang in Großbanken ein, erzwang die Sperrung der Privatkonten dieser Leute und aller Transaktionen ihrer Firmen. Das Wirtschaftsleben in China drohte zusammenzubrechen.

Die Medien berichteten laufend über die Ereignisse. Es entstand erhebliche Unruhe unter der Bevölkerung.

Ch'i trat vor die Kamera eines Militärsenders. Mit unbewegtem Gesicht trug er vor:

»Wir gehen gegen Personen vor, die an den Missständen schuld sind, und gegen Leute, die unsere Mondstadt bedrohen, und gegen diejenigen, die Gesetze umgehen. Auch setzen wir Beamte und Politiker fest, die sich bestechen ließen und nicht dem Gemeinwohl dienten. Wir ziehen sie ausnahmslos zur Rechenschaft für die Schäden, die sie angerichtet haben, und unter denen wir alle leiden. Wenn die Zivilgesellschaft nicht Ordnung herstellen kann, dann tun wir es, das Militär.«

In das Büro von Ch'i stürzte ein Offizier. Er platzte atemlos heraus: »General, General! Tokio meldet: Firmen durchsucht, Personen festgenommen, Geschäftspapiere beschlagnahmt.« Weniger erregt kommentierte er: »Dort geht es auch los. Wir werden nicht allein gelassen!«

Der General zeigte keine Gemütsregung und sagte nur: »Danke.«

Der Offizier beendete den Bericht: »Wie bei uns handelt es sich auch in Japan um Konzerne, die Klimaabkommen unterlaufen haben, die aber nie dafür belangt wurden.«

Ch'i nickte ihm zu und murmelte: »Na also. Die Absprachen wurden von den Kameraden nicht vergessen. ›Werden Sonderbotschafter geschickt, dann gilt kein Eid mehr‹, war das Motto. Die anderen haben Vertrauen verspielt. Wir müssen gemeinsam handeln und die Ordnung in der Welt wieder herstellen. Nach unseren Idealen: Gehorsam, Redlichkeit und Treue.«

Auch Jan van der Meulen packte mit von ihm ausgewählten Kräften in Frankfurt, Paris und London zu. Seinen Aktionen folgten Einheiten in New York und Washington D.C.

Tok Tang wurde auf seinem Anwesen festgenommen.

»Sie schätzen doch wie ich die Ehre«, sprach er den Offizier an, der ihn festnahm. »Ich gebe Ihnen mein Ehrenwort. Ich fliehe nicht, aber ersparen Sie mir die Handschellen.«

Ihm wurden keine Fesseln angelegt.

Tok Tang nickte dem Offizier jovial zu: »Ich sage Ihnen, Sie alle sind hoffnungslose Idealisten.«

Es erfolgte keine Reaktion.

Also kündigte er an: »Sie werden diese Festnahme bitter bereuen. Bereits morgen entschuldigen Sie sich bei mir. Ich lege aber bei Ihren Vorgesetzten ein gutes Wort für Sie ein.«

In der Nähe von Ch'i hatte Lu-ni ein nüchternes Büro erhalten. Dort gab es keine Tapeten, die ihr innere Ruhe einflößten. Aber es gab Bildschirme. Auf ihnen sah sie Menschen in der ganzen Welt, die das Militär anpöbelten. Mit schreienden Plakaten und Wut in den Gesichtern demonstrierten Millionen gegen die Putschisten, die ohne Anweisung der Volksvertreter gehandelt hatten. Lu-ni war empört, wie die führenden Medien die Proteste schürten. Sie griffen den Einsatz an mit Titeln wie »Verbrecherisches Militär«, oder »Anschlag auf die Demokratie«. Lu-ni las Artikel mit Überschriften wie »Chinas Niedertracht« oder »Völker der Welt: Erhebt euch gegen die Putschenden«.

Sie ärgerte sich, weil in den Nachrichten der Auslöser des Vorgehens unerwähnt blieb. Ohne die Geiselnahme der Menschen in der Mondstadt hätte das Militär den Aufstand nicht gewagt.

Am stärksten sorgte sie sich um Tim und hoffte, vom Chef des Geheimdienstes über ihn unterrichtet zu werden.

Sie fragte Ch'i: »Was wissen Sie von den Sonnensatelliten?«

»Leider nur wenig. Die letzte Nachricht kam von Ihrem Bruder. Er bestätigte, dass eine Sonde an den dritten Satelliten angedockt habe.«

»In ihr war mein Freund«, war ihre spontane Reaktion.

»Natürlich weiß ich um Ihr Verhältnis zu Dr. Turner. Ich hoffe, dass alle Menschen in den Sonnensatelliten die Explosion unserer atomaren Waffe heil überstanden haben. Diese Satelliten sind besonders geschützt, weil sie gefährlichen Überfällen durch die Sonne ausgesetzt sind.«

Seine Pressesprecherin schluchzte.

»Sobald ich Näheres weiß, sag ich es Ihnen«, versprach er.

Ihre Angst um Tim minderte sich nicht, als Ch'i erneut vor eine Kamera trat:

»Wir zündeten sogar eine atomare Waffe zwischen Erde und Mond. Dadurch unterbanden wir den Funkverkehr der Verbrecher. Sie wurden kopflos, und wir erlösten die Mondstadt von den Geiselnehmern.«

Ein Journalist fragte: »Muss China mit Konsequenzen rechnen? Der Vertrag von 1967 verbietet Atomwaffen im All. Sie haben das Abkommen verletzt.«

Ch'is Augen wurden noch schmaler, als er antwortete: »Bedenken Sie, es ging um das Leben von einer Million Geiseln. Ich fühlte mich für sie verantwortlich. Es war

Notwehr. Wir waren zu außergewöhnlichen Aktionen gezwungen.«

»Sie müssen doch wissen, dass es dazu andere Mittel gibt, General«, empörte sich der Fragesteller.

Lu-ni erkannte, dass Ch'is Rechtfertigung für den Putsch verpuffte. Sie wusste, welche Macht Augen haben können. Diese Waffe hatte die Natur ihr gegeben, aber nicht ihrem Chef. Die aufgehetzte Öffentlichkeit ließ sich durch Ch'i nicht überzeugen. Sie schäumte vor Wut und zeigte kein Verständnis für das Vorgehen des Militärs.

Kopfschüttelnd verfolgte Lu-ni die Spruchbänder der Demonstranten: »Warum gehen Soldaten gegen unsere Arbeitgeber vor?« Oder »Die Verhafteten gaben uns Arbeit und Lohn!«

Ch'i erklärte ihr, wie das Militär auf die Flut von Protesten reagieren wird.

»Wir rufen den Notstand aus, Frau Xu Lu-ni. Wir setzen abertausend Protestierer fest. Dazu brauchen wir keine richterliche Anordnung! Wir kommen auch ohne formelle Anklage aus! Möglichkeiten zum Einspruch gibt es bei Kriegsrecht nicht.«

Sie wollte ihm widersprechen. Er schnitt ihr das Wort ab: »Das müssen Sie als Frau nicht verstehen.«

Lu-ni erinnerte sich: *Das hat er schon einmal gesagt, als ich ihn darauf hinwies, dass es andere Gründe geben müsse, warum kein Radioverkehr mit dem Mond besteht. Er schwieg damals. Ich sollte nicht Mitwisserin einer illegalen Aktion sein. Er wollte mich schützen und nicht beleidigen.*

Ihr kam eine Idee:

»General, ich habe eine Reportage gemacht mit Bossen der Wirtschaft. Sie enthüllen in den Gesprächen ihre Methoden. Manche machen sich lustig über die Dummheit ihrer Konkurrenten, die Gesetze achten und Steuern zahlen. Der Chef meines Senders hielt den Inhalt für heikel. Aus Angst vor Kritik blockierte er die Sendung. Kann das Dokument über den Militärsender ausgestrahlt werden?«

»Nennen Sie darin Namen der Schurken?«

»Nein, ich habe sie rausgeschnitten.«

»Wieder einfügen und senden!«

Am liebsten hätte sie den Chef des Geheimdienstes umarmt. Sie fügte die Namen der Personen und Firmen ein. Am folgenden Tag wurde ihre Reportage gesendet.

So glücklich sie darüber war, so sehr bedrückte sie die Ungewissheit über Tims Schicksal. *Ist er unversehrt? Konnte er sich vor der Strahlung schützen?*, schwirrte es durch ihren Kopf.

Lu-ni wollte wissen, wie ihr Bericht in den sozialen Netzwerken ankommt. Dort fand sie eine wachsende Zahl an Zustimmungen. Das lenkte sie von ihrer Sorge um Tim ab.

Sie las in den Medien über ihre Art, die Großkopfeten auszufragen: »Sie lächelt selbst den schlimmsten Schurken liebenswürdig an, um ihm Informationen zu entlocken.«

Über einen dieser Bosse empörte man sich besonders häufig: »Er amüsiert sich, wenn er schildert, wie leicht es war, Gesetze so formulieren zu lassen, dass jeder Idiot sie umgehen kann.«

Ein anderer wiederholte, was ein Milliardär Lu-ni gesagt hatte: »Suche ich eine für mich günstige Entscheidung bei einem Verantwortlichen, dann sollten Sie seine Augen sehen, wie sie nach Bestechung gieren.«

Ihr Report bildete die Grundlage, wenn über den Putsch diskutiert wurde. Das Militär wurde nicht mehr verteufelt.

Man erkannte die Hintergründe. Lu-ni war stolz, einen Beitrag zur Harmonie in der Gesellschaft geleistet und damit die Ausrufung des Notstands verhindert zu haben.

In dem TV-Studio von Ch'i wartete sie auf ein Zeichen, um Beschlüsse der Militärregierung vorzulesen. Inzwischen sah sie Nachrichten auf anderen Bildschirmen:

»Es besteht keine Aussicht, dass die gegenwärtige Hitzeperiode endet«, sagte dort ein Reporter. »Die Böden sind ausgetrocknet. Regen ist nicht zu erwarten. Wovon sollen diese Leute leben und wovon wir, wenn Ernten ausfallen?«

Auf einem anderen Schirm blickte sie auf meilenweit entwurzelte Bäume und zerstörte Häuser. »Solche verheerenden Taifune kannte man bisher nicht«, wurde berichtet.

Sie sah auf einem Bildschirm Sturzbäche, die sich in Schlammlawinen verwandelten und alles mit sich rissen, was ihnen im Wege stand. *Wo ist der See, der die Wassermassen willig aufnimmt?*, fragte sie sich. *Die Menschen sind schuld. Sie haben Disharmonie in die Natur gebracht.* Davon war sie überzeugt.

Sie schloss ihre Augen für einen Moment. Sie schmerzten. Sie hatte auf einen Bildschirm geblickt, der ein Feuermeer zeigte. Es waren Wälder, die wie Zunder brannten. Sie sah, wie Löschmannschaften versuchten, die wütenden Flammen zu bändigen.

Auf einem anderen Bildschirm sah sie in ein Lager mit Flüchtlingen. »Ich habe mein Lebenswerk verloren«, rief ein Mann, der seine Tränen kaum unterdrücken konnte.

Eine Frau bat den Berichterstatter um Essen für ihre hungernden Kinder. Er sagte: »Diese Menschen wissen nicht, wovon sie morgen leben sollen. Unsere Regierung spricht mit Staatsmännern von Ländern, die bisher von Änderungen des Klimas wenig betroffen sind. Sie fleht sie an, die heimatlosen Flüchtlinge aufzunehmen. Alle Bitten wurden abgewiesen. Sie versagen Hilfe und wollen nicht wahrhaben, dass auch ihnen über kurz oder lang das gleiche Schicksal bevorsteht.«

Was habe ich bewirkt?, fragte sich Lu-ni. Gewiss, meine Reportage hat zur sozialen Entschärfung beigetragen, aber ich kann mich nicht freuen, wenn ich diese Bilder sehe. Die Natur schlägt zurück. Sie reagiert auf den Angriff der Menschheit. Die Harmonie, wie sie meine Tapete zeigt, hat der Mensch gestört.

Ch'i betrat das Studio. »Wir danken Ihnen für Ihre Reportage«, wandte er sich an Lu-ni. Sie wollte nichts von Dank hören. Sie war durch die Szenen derart geschockt, dass sie klagte: »Sie haben zu spät gehandelt.«

Ch'i nickte. »Wir Generäle wollten nicht länger zusehen, wie handlungsunfähig die Regierungen waren gegenüber der globalen Macht der Konzerne. Wenn Sonderbotschafter geschickt werden, ist es Zeit, unseren Eid zu brechen und zu handeln.«

Lu-ni seufzte. »Sie besitzen jetzt die Verantwortung für eine Welt, die aus den Fugen fällt,« meinte sie.

Wieder nickte der Schlitzäugige.

Ohne ihn sprechen zu lassen, fuhr sie in ihrer Erregung fort: »Ich habe mich für eine Welt eingesetzt, in der alle Lebewesen einvernehmlich mit der Natur leben. Die Wirklichkeit spottet diesem Ideal.«

Sie erhielt das Zeichen zum Verlesen eines Berichts. Ch'i trat zurück. Lu-ni las:

»Die Militärregierung gibt bekannt:
Wir lösen die Vereinten Nationen auf.
Der UNO ist es nicht gelungen, die rücksichtslose Ausbeutung von Natur und Mensch aufzuheben.
Sie hat versagt, der Verseuchung der Meere und der Luft wirkungsvoll Einhalt zu gebieten.
Sie hat keine Kriege verhindert.
Trotz globaler Überproduktion an Lebensmitteln hat sie nicht erreicht, die Hungernden zu versorgen. Unverändert sterben jedes Jahr Millionen den Hungertod.
Die UNO war nicht in der Lage, den Klimawandel zu stoppen. Es gab Konferenzen, um die Katastrophe zu verhindern. Aber die gefassten Beschlüsse wurden von den Regierungen nicht wirkungsvoll umgesetzt.
Von der Klimaänderung betroffene Staaten riefen die UNO um Hilfe. Ihr Flehen verhallte ergebnislos.
Die Vereinten Nationen konnten auf ihre 200 Mitgliedstaaten keinen Zwang ausüben. Sie waren nur ein moralisches Schwert aber ohne eine scharfe Schneide. Darum lösen wir sie auf.«

Als Lu-ni geendet hatte, traten ihr Tränen in die Augen. Schnell blendete die Regie das Bild aus. Sie hatte große Hoffnung in diese völkerverbindende Organisation gesetzt und musste ihre Zerschlagung verkünden. Der Machthunger der Großmächte, angetrieben durch Weltunternehmen, hatte das Weltfriedensprojekt zerstört.

Ch'i ging zu ihr. »Ich komme, um Ihnen zu sagen, dass keiner unserer Leute bei der Aktion am Mond verletzt wurde.«

Sie sah Ch'i überglücklich an. Er trocknete ihr die Tränen. Danach sprach sie mit Tim, da Radioverkehr wieder möglich war. Sie war selig, ihn gesund wiederzusehen. Jedoch musste Tim den Kontakt bald beenden, denn seine Anwesenheit für die Wiederherstellung der Energieversorgung war unerlässlich.

Erleichtert rief sie auch ihren Bruder an. Xu Yun knurrte: »Ohne mein Drängen, die Weltpresse einzuladen, hätte Ch'i keinen Anlass zum Putsch gehabt. Das hätte er früher haben können.«

***

Nach Wochen hatte Tim die Versorgung der Mondstadt über drei Satelliten sichergestellt. Er wollte Lu-ni überraschen, nahm einen Kurzurlaub und flog zur Erde. Wie enttäuscht war er, als er Lu-ni weder in ihrer Wohnung noch an ihrem Arbeitsplatz antraf.

Er wusste, dass sie als Pressesprecherin an Beratungen von Offizieren der Streitkräfte mit Vertretern der Regierungen der Länder des pazifischen Raums teilnahm. Die Verhandlungen fanden in einem Militärkomplex statt. Dort bat Tim mit Engelszungen, zu ihr vorgelassen zu werden.

»Nein«, wurde ihm gesagt, »in der gegenwärtigen Lage können wir Ihnen keinen Zugang erlauben. Es ist auch ungewiss, wie lange die Gespräche der Offiziere mit den Staatschefs dauern.«

Es half kein Betteln. Er empfand, vom Militär schroff abgewiesen zu werden.

Tim war sauer. Er hatte ein lebensgefährliches Ereignis überstanden. Nur für kurze Zeit hatte er sich erlaubt, den Arbeitsplatz auf dem Mond zu verlassen. So sehr sehnte er sich nach Lu-ni! Er wollte sie berühren, sie an seinen

Körper drücken, um sicher zu sein, dass der Spuk auf dem Sonnensatelliten vorbei war, und er noch lebte. Seine Geliebte war nicht da. Weder heute und auch nicht am Tag darauf.

Jedoch sah er Lu-ni am folgenden Tag, aber nur auf dem Bildschirm. Dort wandte sie sich nicht an ihn, sondern an Millionen Zuschauer. Sie trug die vorläufigen Ergebnisse der Beratungen vor:

»Von der Militärregierung wird angeordnet:

1. Die Staaten des pazifischen Großraums schließen sich zusammen unter einer Zentralregierung, die von den Menschen dieses Raums gewählt wird. Ihr steht ein Generalsekretär vor.
2. Unbeschadet des Vorhandenseins bestehender nationaler Regierungen unterstehen der Zentrale, und nur ihr, alle bewaffneten Streitkräfte.
3. Die einzelnen Nationalstaaten können Polizeikräfte unterhalten, deren Größe und Bewaffnung von der Zentralregierung festgelegt wird.
4. Dem Beispiel des Staates Singapur folgend, wird die Prügelstrafe eingeführt, die öffentlich zu vollziehen ist.
5. Die Bevölkerung wählt im Zeitraum der nächsten drei Monate eine verfassungsgebende Versammlung, die innerhalb eines Jahres ein Grundgesetz auszuarbeiten hat für die UNP, die Vereinten Nationen des Pazifischen Raums. Sie darf den obigen Punkten 1 bis 4 nicht widersprechen.
6. Nachdem die Regierung ihre Arbeit aufgenommen hat, ist zur rechtlichen Bewertung der am Putsch beteiligten Offiziere ein ziviles Sondergericht einzuberufen.

Diese Anordnungen sind das Ergebnis der Besprechungen mit den Amtsträgern.«

Lu-ni lächelte freundlich in die Kamera und ihr Bild verschwand vom Bildschirm.

»Diese verfluchte Welt!«, schrie Tim außer sich. »Ich pfeife auf Militär und Politik. Ich will meine Lu-ni haben! Wo bist du, Lu-ni?«

Es gab keine Antwort. Ohne sie in seine Arme geschlossen zu haben, musste er zum Mond zurückkehren.

Lu-ni kam eine Woche später in ihre Wohnung. Dort hatte Tim für sie Liebesbotschaften hinterlassen. Sie las eine laut vor: »Es waren zwei Königskinder, die hatten einander so lieb, sie konnten beisammen nicht kommen, so sehr er auch nach ihr rief.« Gerührt sammelte sie die Blätter und küsste jedes einzelne.

Lu-ni und Tim sprachen einige Tage später über Bildfon miteinander. Sie erzählte von ihrer Arbeit: »Bei den Verhandlungen der Junta mit den zivilen Vertretern war ich stets dabei. Aber ich durfte nie meine Meinung äußern. Du kannst dir vorstellen, wie sehr mich dieser Maulkorb ärgerte. Ich war nur da, um frohgemut ihre Beschlüsse zu verkünden.«

»Mach doch eine Reportage darüber«, schlug Tim vor.

Lu-ni lachte.

»Glaubst du, dass die gesendet wird? Es gibt Wichtigeres. Das Meer kommt Peking immer näher und zerstört die fruchtbaren Böden. Rationierung von Lebensmitteln ist angesagt. Tim, Reportagen ändern die Welt nicht mehr. Ich werde meine Stelle im Fernsehen aufgeben.«

»Was willst du tun?«, fragte Tim und sagte sofort: »Du

willst die Harmonie herstellen in dieser geschundenen Welt, stimmt's?«

»Ja, du hast mein Rätsel gelöst. Ich liebe dich. Ich werde Staatsrecht in Peking studieren.«

Lu-ni zog aus der City in einen Vorort von Peking. Sie fragte ihre Nachbarn: »Was hat sich für euch geändert durch den Putsch?«

Sie lachten: »Nichts! Die Luft bleibt verschmutzt, und das Trinkwasser ist verseucht wie zuvor.«

»Dann müssen wir dagegen protestieren«, forderte Lu-ni sie auf.

»Haha, wo leben Sie?«, lachten ihre Nachbarn. »Schon unsere Eltern haben sich gegen den Smog aufgelehnt. Sie finden hier niemanden, der nicht unter Krankheiten der Atemwege leidet. Wir haben aufgehört, Forderungen zu erheben. Es hat sich in Jahrzehnten nichts geändert. Warum soll das bei den neuen Machthabern anders sein?«

»Haben Sie gestern die Sendung über den Strafvollzug gesehen?«, fragte Lu-ni.

»Nein, wir sehen politische Reports nicht mehr«, antwortete einer.

Ein anderer pflichtete ihm bei: »Lügen oder Berichte, die uns zähmen sollen. Nein, wir glauben ihnen nicht.«

»Aber das Geschrei des Mannes, der Unrat in der Gegend deponiert hat, hätten Sie sich anhören können«, entgegnete Lu-ni. »Er erhielt zehn Peitschenhiebe und wird in Zukunft nichts mehr wild ablagern.«

»Dann hat man einen kleinen Umweltsünder erwischt. Die Großen kommen davon.«

»Nein«, widersprach Lu-ni, »ob klein oder groß, was

Geldstrafen nicht schafften, die Bastonaden stoppen die Kriminalität gegen die Natur.«

»Sie sind eine Optimistin, Frau Xu.«

»Ja, die bin ich und werde es ewig sein.«

Das Militär klagte Wirtschaftsbosse, korrupte Beamte und Politiker an.

Tok Tang gehörte zu den Angeklagten.

Er verstand die Welt nicht mehr. *Mein Personal hat die Schuld auf mich abgewälzt! Diese Hurensöhne! Und nun soll ich mich vor den Offizieren verantworten.*

Er klagte über die herrschende Ungerechtigkeit: *Diese armseligen Sold-Empfänger haben meine Bankkonten gesperrt. Ich hätte den armen Schluckern ein fürstliches Trinkgeld geben können.*

Dann brummte er vor sich hin: »Ich habe noch eine große ›Macht‹, denn mein Wissen über alle Konkurrenten ist den Idealisten bestimmt etwas wert.«

Der korpulente Tok Tang wurde als Drahtzieher des Anschlags auf die Mondstadt zu lebenslanger Haft und zu Peitschenhieben verurteilt. Das Gericht erlaubte ihm, lebensverlängernde Maßnahmen anzuwenden. Dies ermöglicht, dass sein Freiheitsentzug irgendwann zur Bewährung ausgesetzt wird, und er noch lange tätig sein darf. Das Gericht begründete dies damit, dass er bei den Ermittlungen hilfsbereit gewesen ist.

Die Studenten um Lu-ni diskutierten das Strafmaß:

»Wenn er länger lebt, wird er zeitlebens unter den Folgen des Klimawandels leiden. Aber er hat ihn trotz seiner Gier nach Rohstoffen nicht verursacht«, sagten die einen.

Und die anderen meinten: »Er wird bestraft als Mitglied

einer Clique, die glaubte, mit Bestechungen sich über Natur und Menschen hinwegsetzen zu können.«

Lu-ni hatte als Studentin an den Verhandlungen teilgenommen. *Oh, wie habe ich mich geirrt«*, tadelte sie sich. *Er war der Auftraggeber des Angriffs und nicht irgendeiner seiner Konkurrenten. Ich schäme mich.*

Nach einer Weile dachte sie an ihren Vater. *Papa zitierte oft Laotse: ›Scheitern ist die Grundlage des Erfolgs‹. Also muss ich aus meinen Fehlern lernen.*

Es kam auch der Tag, an dem ein ziviles Sondergericht die Urteile im Prozess gegen die Offiziere fällte. Sie hatten, ohne beauftragt zu sein, Büros durchsucht und Menschen festgenommen. Das war gesetzeswidrig.

Lu-ni, Studentin für Staatsrecht, setzte sich zu den Zuschauern.

Das Gericht verurteilte General Ch'i zu 12 Jahren Haft und 12 Peitschenhieben. General Jan van der Meulen erhielt acht Jahre Haft und acht Peitschenhiebe. Alle Strafen wurden zur Bewährung ausgesetzt.

Die Verurteilten verließen das Gericht. Jan van der Meulen ging auf Lu-ni zu. Mit all ihrem Charme machte sie einen anmutigen Knicks und ersparte sich dadurch seinen Händedruck.

Auch der schlitzäugige General Ch'i ging auf seine ehemalige Sprecherin zu. Sie verbeugte sich vor ihm. Er blieb stehen. »Wir brauchen Frauen wie Sie«, sagte er. »Gehen Sie in die Politik!«

Lu-ni blickte ihn an: »Das habe ich vor, General.«

Kapitel 3

Mai Tais mit Folgen

Tim besuchte Lu-ni in ihrer neuen Wohnung außerhalb der City. Er hatte in Peking seinen Arbeitsvertrag mit der Nationalen Weltraumbehörde China aufgelöst.

»Deine Behausung ist klein, aber angenehm«, lobte er.

»Ich habe nur wenig mitgenommen.«

»Ich sehe den Wandteppich: ›Das Streben nach Licht gibt den Dingen Harmonie‹. Ich beobachte aber immer mehr Disharmonie in der Welt, Liebes.«

»Ja, der Putsch kam zu spät. Die danach eingeleiteten Maßnahmen können die verheerenden Folgen nicht ungeschehen machen. Trotz allem, wir dürfen die Hoffnung nicht aufgeben. Du arbeitest jetzt für andere?«

»Es hat ein allseitiger Eifer im Bau von Mondstädten eingesetzt. Ich wurde um Mitarbeit gebeten. Man braucht dort meine Anlagen zur Wiederaufbereitung. Ich habe auf ihre Patentierung verzichtet…«

»Ich liebe dich schon allein dieser Tat wegen«, unterbrach ihn Lu-ni. »Sag mir, was ist das Schönste?«

»Wenn das ein Rätsel ist, sage ich, Menschen zu helfen.«

»Dann löse auch dieses Rätsel, Tim: Was ist das Allerschönste?«

»Bei dir zu sein, Liebes.«

»Komm zu mir!«, flüsterte sie.

Die beiden liebten sich in dem engen Raum. Sie hörten nicht, wie ein Orkan draußen wütete und Bäume entwurzelte, wie ein Wolkenbruch Straßen in Schlammkanäle verwandelte. Sie nahmen nicht wahr, wie sich ihre Umwelt in ein Chaos verwandelte. Sie kannten nur ihre Liebe. Sie war für Lu-ni und Tim für kurze Zeit die ewige, allumfassende Harmonie.

Aus ihr wurden sie am folgenden Tag in eine schreckliche Wirklichkeit gestoßen.

Lu-ni stapfte durch eine zerstörte Welt zu ihrem Arbeitsplatz im Ministerium für Bildung.

Tim trat die Rückreise zum Mond an. Der Bau von Mondstädten war für umweltgeschädigte Länder die Lösung, um der Flut von Klimaflüchtlingen Herr zu werden. Tim wurde dort oben gebraucht.

Lu-ni hörte hoffnungslosen Flüchtlingen zu. Sie tröstete sie, sprach über das schwere Leben, das ihre Vorfahren gemeistert hatten: »Sie haben nicht verzweifelt. Wir Menschen haben die Natur herausgefordert. Zuerst mit Feuer, dann mit Dampfmaschinen, schließlich mit Lebensverlängerung. Nun schlägt sie zurück. Lasst uns mit ihr Frieden schließen. Lasst uns mit ihr gemeinsame Wege gehen und von nun an nach Harmonie streben.«

Lu-ni war nicht müde, diese Idee zu predigen. In Schulen und Universitäten rief sie die Jugend auf: »Helft! Ihr könnt es: Rettet Natur und Menschheit!«

Man bewunderte ihren Optimismus, selbst wenn man ihn nicht teilte.

Tim sprach heute mit seiner Geliebten vom d'Alembert Krater: »Die Roboter haben schon tiefe Löcher gebohrt, andere haben Räume geschaffen, Sonnenkollektoren liefern die nötige Energie, und mit meinen Geräten wird die mitgebrachte Luft erneuert.«

»Natürlich freue ich mich darüber,« antwortete Lu-ni. »Lieber wäre mir, wir brauchten Mondstädte nicht.«

»Du sagst, Liebes, die Natur auf der Erde wehrt sich gegen den Menschen. Hier auf dem Mond bringen Menschen Ordnung in das konfuse Durcheinander der Natur.«

»Tim, deine Anlagen ermöglichen Leben auf dem toten Mond. Hier auf Erden aber hat der Mensch Wälder zerstört und hinterlässt an ihrer Stelle leblose Wüsten. Er asphaltiert lebensvolles Grasland und errichtet auf diesem Boden Städte. Er wandelt hier lebendige Natur in tote Mondlandschaft um. Dagegen muss ich vorgehen. Deine Anlagen hingegen ermöglichen, dass Menschen eine Nische zum Leben auf dem leblosen Mond finden. Ich glaube, du dienst damit der universellen Harmonie.«

Tim wollte antworten, dass er weder einem Land dient noch irgendeiner Instanz sondern lebt, um Probleme zu lösen. das wollte er mit ihr beim nächsten Treffen besprechen. Um ein baldiges Wiedersehen zu vereinbaren, fragte er:

»Darf ich dir ein Rätsel stellen?« Sie sagte freudig »Ja!«

»Was ist schöner als eine Woche gemeinsamer Urlaub in Hawaii?«, und sie antwortete sofort. »Zwei Wochen.«

Sie fügte gleich hinzu: »Leider wird daraus nichts. Ich bin gebeten worden, für das Amt des Generalsekretärs der UNP zu kandidieren. Ich habe zugesagt, weil ich von dieser Position aus etwas für die Menschen tun kann.«

»Wann können wir uns sehen?«, fragte Tim.

»Begleite mich doch. Du würdest mir Sicherheit vermitteln.«

»Und wer kümmert sich um meine Arbeit in den Mondstädten? Ich werde dort dringend gebraucht.«

Tim war enttäuscht, weil Lu-ni ihren Interessen den Vorzug gab.

Lu-ni war enttäuscht, weil Tim seinen Interessen den Vorzug gab.

So endete das Gespräch ergebnislos.

Im Frühjahr 2063 waren die Wahlen für das höchste Amt der UNP. Lu-ni war durch ihre fesselnden Reportagen bekannt. Ihre Arbeit als Sprecherin der Militärregierung während des Putsches erhöhte das Vertrauen, das man in sie setzte, in schwerer Zeit für die Allgemeinheit zu sorgen. Tatsächlich wurde sie zur Generalsekretärin der UNP gewählt.

Die Liebenden sahen sich von nun an noch seltener. Lu-nis Arbeitsplatz war am Sitz der UNP in Taipeh, und Tim war häufiger auf dem Mond als auf der Erde.

Ab und zu hatten sie einige Tage in einem Ferienhaus auf einer Insel Hawaiis verbracht. Dorthin zog es Tim selbst dann, wenn Lu-ni nicht mit ihm ausspannen konnte.

Ende 2063 war er in dem Ferienhaus, und erneut war er allein.

Der Morgen entzückte ihn mit einem herrlichen Sonnenaufgang. Die Sonne besiegte schnell die Nacht. Sie kämpfte sich erfolgreich durch die Wolken am Meereshorizont. Ein Tag im Paradies begann – ohne seine Lu-ni.

Mehr noch als der Tag bezauberte ihn die Nacht. Wellen brachen sich an Klippen, und er sah im Schein des Mondes einen Reigen tanzender Wassertropfen. Sie verwandelten sich im Licht des Vollmonds in abertausend glitzernde Perlen. Und Lu-ni war nicht da.

Auf dem Weg zurück vom Strand schlenderte er an betörend duftenden Pflanzen vorbei. Es war ihm, als würden ihn all die farbenfrohen Blüten des Hibiskus anlächeln und nach seiner Begleitung suchen. Aber Lu-ni war nicht da.

Oder verspottete ihn gar die Natur, weil er ganz allein an ihr entlang trottete wie ein Ausgestoßener?

Nein, er vernahm doch das Rauschen des Meeres, den verführerischen Duft von Pflanzen und sah im Licht des Mondes die nächtliche Welt. Die Natur verlachte ihn nicht. Aber Lu-ni fehlte ihm.

Durstig kam er vom Strand zurück. Er trank einen Mai Tai, danach noch einen. »Was nützt mir ein verlängertes Leben, wenn ich nicht mit dem Menschen, den ich liebe, zusammenleben kann?«, fragte er sich erneut. Auch jetzt hatte er darauf keine Antwort.

Vor Kummer kramte er in seiner Vergangenheit. Ehe er sich in Lu-ni verliebte, hatte er ein Liebesverhältnis mit Anna gehabt, einer Schulfreundin, die damals in Psychologie promovierte. *Wie viele Jahre sind seither vergangen?* Er zählte sie nicht, aber er erinnerte sich:

Ich war Professor der Physik und lebte in einer Wohnung auf dem Campus. Die Verwaltung schrieb mir, dass ich meine geräumige Bleibe mit einem wohnungsuchenden Mitglied der Uni teilen müsse. Ha! Was für einen Terror die Behörde damals veranstaltet hat, damit ich jemanden aufnehme!

Meine Eltern hatten mir mitgeteilt, dass die kleine Anna aus der Nachbarschaft inzwischen Psychologie studiere. Sie suche eine geeignete Unterkunft auf dem Campus. Ich war sicher, dass dieses hässliche Entlein immer noch so verdreht war wie ehedem. Wer studiert schon ein solches Fach, wenn nicht jemand, der mit sich selbst nicht ins Reine kommt! Ich ging zu ihrer Unterkunft, um ihr einen Raum bei mir anzubieten. Als ich sie sah, traute ich meinen Augen nicht. Hübsch war sie geworden, und kess dazu. Das Vorurteil wegen ihres Studienfachs musste ich in jeder Hinsicht zurücknehmen.

›*Deine Wohnung will ich gerne mit dir teilen, das Bett aber nicht*‹, *giftete sie mich an, denn sie hatte gleich festgestellt, wie sie mir imponierte. Sie zog in mein Apartment ein, und bald danach waren wir doch ein Paar.*

Tim erinnerte sich an seine ehemalige Geliebte. Er sah sie vor sich, vollschlank mit brünetten Locken und rehbraunen Augen. Er schenkte sich einen weiteren Mai Tai ein. Der rumhaltige Cocktail beflügelte die Erinnerung.

»Anna«, murmelte er. »Warum bist du von mir gegangen?« Auf seine Frage fand er Antworten:

Ich war mit Anlagen zur Aufbereitung von Atemluft beschäftigt. Anna erforschte Strukturen des Denkens und suchte nach künstlicher Intelligenz. Jeder hatte seine Arbeit, die ihn ausfüllte. Und dann, dann kam das Jahr 2044.

Tim seufzte. Er trank das Glas mit dem Mai Tai leer. *Damals hielten Wissenschaftler den Heiligen Gral des Lebens in ihren Händen. Sie konnten die Lebenszeit bei gleichbleibender Verfassung des Menschen verlängern. Und was tat Anna, als sie von der praktischen Unsterblichkeit des Menschen erfuhr?*

Tim wusste die Antwort. Zur Bekräftigung schenkte er sich mit zitternder Hand noch einen Mai Tai ein.

Sie stürmte in mein Zimmer, strahlte über das ganze Gesicht und säuselte verführerisch: ›Tim, ich will ein Kind von dir‹.

Ich muss sie verblüfft angesehen haben. Sie erklärte mir ihren Wunsch, als sei ein Kind zu zeugen die normalste Sache der Welt. ›Wir müssen handeln, ehe Gesetze erlassen werden, die es uns unmöglich machen, eigenen Nachwuchs zu bekommen‹, bekräftigte sie ihren Wunsch.

Ja, das war ihre Art. Sie versetzte mich in eine Lage, auf die ich nicht vorbereitet war. Ich hatte gerade ein Angebot der chinesischen Regierung angenommen und wollte mit Anna in die zu errichtende Mondstadt ziehen. Sie sträubte sich mit der ihr eigenen Sturheit. Ich ging nach China, und das war das Ende der Beziehung.«

Die Erinnerung an Anna hob seine Stimmung nicht. Die Wirkung des Alkohols an diesem Abend blieb nicht aus.

Die Einsamkeit überwältigte ihn. Niemand war da, sein Leid zu lindern. Kein Mensch bot sich an, die Schönheiten der Natur mit ihm zu genießen.

Um sich abzulenken, stellte er den Informationskanal an.

Da sah er sie! Da war Xu Lu-ni, die Generalsekretärin. Seine Lu-ni, die über irgendetwas berichtete hatte. Jetzt fuhr sie fort:

»Zum Schluss noch eine Bitte. Wir müssen uns um die ferne Zukunft der Menschheit kümmern. Der Mond reicht nicht aus für 13 Milliarden Menschen. Die Nachbarplaneten sind zum Besiedeln ungeeignet. Darum wollen wir außerhalb unseres Sonnensystems nach geeigneten Planeten suchen. Eine Kommission hat entschieden, ein Raumschiff mit einer einzigen Person zu den drei Sonnen von alpha Centauri zu schicken. Wir hoffen, dort eine zweite Erde zu finden. Dafür brauchen wir einen Menschen, der bereit ist, diese sehr lange Reise anzutreten. Wenn Sie sich dazu in der Lage fühlen, lassen Sie es uns wissen. Ich danke Ihnen für Ihre Aufmerksamkeit.«

Ihre Augen sprühten vor Tatkraft. Ein Lächeln huschte über Lu-nis Gesicht.

»Die Bitte erfülle ich dir gern«, sagte Tim laut, und er dachte in einem Anflug von Menschenverachtung: *Das ist die Lösung meines Problems. Ich will dem Jammertal Erde mit den treulosen Frauen den Rücken kehren.*

Die Mai Tais verfehlten ihre Wirkung nicht. Tim war jetzt überzeugt, dass Anna und Lu-ni ihm die Treue aufgekündigt hatten. Die eine wollte ihn in ein Familienleben einmauern, und die andere hatte nur politische Utopien im Sinn.

Er bemitleidete sich. Die Idee, fern von Menschen in einem Raumschiff zu leben, war verlockend. Ja, es war für ihn die geeignete Reaktion auf den Rückzug der beiden Frauen aus seinem Leben.

Sein Entschluss änderte sich nicht, als er am nächsten Morgen von der Sonne geweckt wurde. Sie sandte ihre wärmenden Strahlen durch ein Fenster auf sein Bett. Wäre Lu-nis warmer Körper neben ihm gewesen, er hätte keine selbstzerstörerische Einsamkeit empfunden.

Tim bewarb sich um den angebotenen Flug nach alpha Centauri. Dass er ausgewählt werden würde, schien ihm mehr als fraglich. Doch er hoffte auch, mit der Bewerbung Lu-ni unter Druck zu setzen. Sie sollte einsehen, dass er lieber an einer risikoreichen Reise teilnimmt, als ohne sie zu leben.

Aber er wurde nicht abgelehnt. Vielmehr erhielt er die Zusage, als erster Mensch den Flug zu einem anderen Stern anzutreten. Die Nachricht wurde über alle Agenturen weltweit verbreitet.

Lu-ni erfuhr erst später, dass ihr Geliebter für diese Reise ausgewählt worden war; da war es für sie zu spät, die Auswahl rückgängig zu machen.

Ich würde mein Gesicht verlieren, wenn ich aus persönlichen Gründen den Kandidaten ablehne, dachte sie.

Und Tim glaubte: *Sie wird doch erfahren haben, dass ich mich beworben habe. Aber sie hat nichts unternommen, damit ich bleibe. Sie schickt mich weg!*

Bei diesem Gedanken überwältigten ihn die Gefühle. Er schluchzte vor Enttäuschung und verbarg sein Gesicht in den Händen. *Lu-ni, warum hast du mich verlassen?*, klagte er.

Seine gefährliche Reise war nicht mehr nur eine Koketterie. Die Entscheidung darüber war ihm entglitten, sie war beschlossene Sache.

Die Vorstellung, weggeschickt zu werden von der Frau, ohne die er nicht leben konnte, setzte sich in ihm fest. *Ich will lieber im Weltraum umkommen, als sie gelegentlich im Informationskanal anzustarren*, bemitleidete er sich. *Wie schön war doch die Zeit, in der wir gemeinsam Rätsel geraten haben. Nie mehr!*

Und wieder verbarg er sein Gesicht, damit keiner die Träne sah, die sich aus seinem Auge stahl.

Tim hatte eine Einladung vom Büro der Generalsekretärin erhalten. Sie musste ihn offiziell verabschieden, ehe er die Erde verlässt.

Er hatte sich Fragen ausgedacht wie: »Was ist kürzer als die Dauer eines Herzschlags?« Seine Erwiderung wäre gewesen: »Die Liebe einer Frau.« Oder: »Was ist schneller als ein Gedanke?« Darauf hätte er geantwortet: »Der Wandel einer Frau von der Liebe zur Gleichgültigkeit.«

Zur vorgegebenen Zeit wurde er in Lu-nis Büro geleitet. Sie blieb hinter ihrem Schreibtisch sitzen.

Sie hatte sich vorgenommen: *Ich darf mich nicht von meinen Gefühlen für ihn überwältigen lassen. Ich muss ihn offiziell verabschieden, so als wäre er irgendjemand und nicht der Mann, den ich liebe.*

Tim trat ein. Seine Augen strahlten sie an. Lu-ni war leibhaft vor ihm und nicht auf einem Bildschirm. *Vielleicht versichert sie mir ihre Liebe?* Ein solcher Gedanke schwirrte durch seinen Kopf.

Sie erhob sich, ging ihm aber nicht entgegen. Vielmehr reichte sie ihm die Hand über den Tisch. So wollte sie ihre und Tims überschwängliche Gefühle bei der Begrüßung abschwächen.

Diese Hand, wie oft habe ich sie in meiner gespürt. Ihr geschmeidiger Körper! Wie oft umfasste ich ihn und drückte ihn an mich, dachte er voller enttäuschter Erwartung. Er setzte sich auf einen Stuhl ihr gegenüber nach einer einladenden Handbewegung von Lu-ni. Auch ohne ihre Aufforderung hätte er sich gesetzt, denn seine Knie waren weich wie Butter. Die unpersönliche Begrüßung verletzte ihn. Er hatte sich sehnlichst eine Umarmung gewünscht.

»Tim«, sagte sie mit warmer Stimme, »ich liebe dich.« Sie machte eine Pause.

Sein Herz pochte.

»Tim, du weißt: Was wir Chinesen wertschätzen, unterscheidet sich von dem, was aus deiner Tradition heraus dein Denken und dein Tun beeinflusst. Ich will dir dazu ein Beispiel aus meiner Kindheit schildern.«

Tim achtete nicht auf das, was sie sagte. *Wie schön sie ist!*«. Er starrte auf ihre Augen, ihren roten Mund, aus dem Worte flossen. Er betrachtete ihre schwarzen Haare, die sie fest zusammengebunden hatte.

»Als Kind ging ich im Sommer häufig mit Freunden im nahen Fluss schwimmen. Doch eines Tages geriet ich in einen Wasserstrudel, der mich augenblicklich nach unten riss. Es geschah derart schnell, dass ich nicht schreien und um Hilfe rufen konnte. Während ich unterging, ergriffen meine Hände etwas, meine Arme umschlangen es automatisch. Es war ein Stück Holz, durch das ich in Sekundenschnelle wieder zur Oberfläche gebracht wurde. Keiner der Freunde hatte bemerkt, dass ich in akuter Lebensgefahr gewesen war.

Ein Christ hätte gesagt, dass ein persönlicher Gott oder einer seiner Engel mich durch das Holz vor dem Tod bewahrt hat.«

Ihre Stimme klang Tim wie eine liebliche Musik, die ihre Worte umschmeichelt. Sie fuhr fort:

»In unserem Glauben, Tim, gibt es keinen Gott, sondern eine das Universum durchdringende Harmonie.

Das Stück Holz war nur zufällig in die Nähe meines untergehenden Körpers gelangt. Wäre ich ertrunken, dann bliebe das Universum dennoch harmonisch, nicht etwa gut, denn ›gut‹ und ›böse‹ sind für uns keine festen Begriffe.«

Lu-ni spürte, dass Tims Aufmerksamkeit schwand. Sie sagte:

»Tim, du weißt, dass sich unser Denken und Fühlen um

Harmonie dreht. Wir suchen sie alltäglich zu verwirklichen, in der Familie und in der Gesellschaft.

In eurem westlichen Denken stellt ihr hingegen den Einzelnen, das Individuum in den Vordergrund. Nach eurer Religion steht ein jeder Mensch im Zentrum des Weltgeschehens. Dort wird er in seinem Tun von einem persönlichen Gott beobachtet und beurteilt. Der verspricht seliges Leben im Himmel oder droht mit ewigen Qualen in der Hölle.

Dem widerspricht unser Denken, Tim. Wir müssen keiner höheren Instanz Rechenschaft abgeben. Allein durch die Existenz als Menschen sind wir verpflichtet, dafür zu sorgen, dass wir untereinander und mit der uns umgebenden Natur in Einklang leben. Solange ich atme, muss ich danach handeln. Ich kann nicht anders.«

Für Tim klang ihr Vortrag jetzt wie eine belebende Musik. Sie sagte, dass zuerst die Familie unverbrüchlich zusammenhalten müsse. Danach könne Friede und Brüderlichkeit in der Gesellschaft geschaffen werden. Beides seien Abbilder der universellen Harmonie. Die Worte waren ihm geläufig. Den Klang ihrer Stimme sog er ein wie das Finale eines Musikstücks. Jedoch war er mit ihren Schlussakkorden nicht einverstanden. Denn sie sagte: »Tim, nicht das Glück des Einzelnen steht für uns im Vordergrund.«

Lu-ni merkte, wie sehr sie von ihren politischen Zielen sprach. Darum wollte sie Persönliches sagen:

»Wir Chinesen bezeichnen Liebe mit dem Wort ›Yen‹. Yen heißt aber auch Menschlichkeit. Unsere Art von Humanität ist eine höhere Form von Liebe. Ich liebe dich, Tim, weil ich die Menschen liebe. Ich liebe dich, denn was ich in dieser Gesellschaft leiste, das verrichte ich für dich.«

»Ich verstehe«, antwortete Tim, der nun ruhiger geworden war. »Doch begreife auch mein Streben! Ich sehne mich nach dir. Ich will mit dir glücklich sein. Du gibst dich einem Stress hin, der keine Zeit mehr übrig lässt für zwei Menschen.«

Lu-ni fühlte sich angegriffen. Sie schüttelte den Kopf:

»Der Unterschied in unserem Denken besteht darin, dass du das Glück für dich allein suchst. Für uns steht nicht das Glück des Einzelnen im Vordergrund. Ich versuche die Harmonie hier zu realisieren, für alle und besonders für dich. Der Stress, dem ich mich hingebe und den du beklagst, reinigt uns vom Staub, der die Harmonie bedeckt.«

Ein Schweigen folgte.

Ich möchte ihn umarmen, ihn küssen, mich fest an ihn schmiegen, das waren ihre Gefühle. *Nein, das darf ich nicht, und weinen erst recht nicht!*

In Tims Kopf dröhnte ihr Wort ›Harmonie‹ wie ein Paukenschlag. Sie wiederzusehen, war sein sehnlichster Wunsch gewesen. Mit ihr scherzen zu können, sie zu berühren, Kraft zu tanken für die Zeit, bis er wiederkommt. *Vielleicht ergibt sich aus dem Gespräch, dass sie mich nicht wegschickt,* hatte er gehofft. Diese Hoffnung hatte sich zerschlagen. Er fühlte sich wie eine Marionette in einer seelenlosen Zeremonie. Er beendete das Schweigen mit der Frage:

»Welche Kluft ist am tiefsten, die zwei Menschen trennt?«

Und Lu-ni antwortete: »Es ist der Graben, der durch unterschiedliche Erziehung und durch Tradition entsteht.«

Sie hielt inne. *Dafür lebe ich,* dachte sie. *Ich will Gräben überwinden, nicht zuschütten. Ich muss darüberstehen. Wenn ich mich ihm jetzt hingebe, zerstöre ich mein Lebensziel. Er muss es begreifen.*

Lu-ni erhob sich.

Wie gern würde ich sie umarmen, ihr meine Zuneigung trotz aller Gräben zeigen, dachte er. *Aber sie bleibt hinter ihrem Schreibtisch stehen, sie kommt nicht zu mir. Sie beendet unsere Liebe. Ich muss hier raus!*

»Geh' jetzt«, sagte sie und blickte ihn freundlich an.

So schaut sie jeden Gesprächspartner an, dachte er. *Ja, sie schickt mich weg.*

Er stand auf und verbeugte sich. Er blickte nicht in ihre Augen, die ihn einst verzaubert hatten. Er verließ den Raum, ohne sich umzudrehen.

Bis dahin hatte sie ihre Gefühle beherrscht. Doch nun stürzten Tränen aus ihren Augen, als sei ein Damm gebrochen.

***

»Chefin, sie kommt!«, rief jemand vom Institut für medizinische Verhaltensforschung. Eine unauffällig gekleidete Frau betrat die Eingangshalle. Ein Tross von Medienleuten folgte ihr, wie er bei Besuchen von hohen Beamten der Regierung üblich ist.

Der Leiterin, Anna Binder, war mitgeteilt worden, man wolle sich ein Bild machen vom Stand der Entwicklung von Androiden.

Was will die Beamtin von mir und meiner Einrichtung?, hatte Anna sich gefragt. *Die brauchen doch keine menschenähnlichen Roboter angesichts der großen Zahl an Menschen!*

Man tauschte Höflichkeiten aus und Anna Binder führte die Gruppe durch ihr Institut.

Sie standen vor einem rechteckigen Apparat und ein

Reporter bemerkte laut: »So habe ich mir einen Androiden nicht vorgestellt. Dieser hier gleicht nicht einem Menschen.«

»Aber er würde Ihnen gefallen«, entgegnete Anna, »denn er kann nützliche Tätigkeiten verrichten. Er reinigt Ihr Apartment und kocht Ihr Lieblingsgericht. Besonders angenehm für Sie ist, dass er die Unordnung in Ihrer Wohnung beseitigt. Ein Automat, der uns Menschen nicht ähnelt, wird von uns akzeptiert. Überziehen wir ihn mit einer Haut, ahmen wir sein Äußeres dem Menschen nach, wird er von uns abgelehnt, selbst wenn er uns das Leben erleichtert. Darum hüten wir uns, Robotern ein menschenähnliches Aussehen zu geben.«

Man klatschte ihr Beifall.

Über die nächsten Objekte sagte sie: »Dieser kann einen Patienten waschen. Er verabreicht ihm Medikamente, je nach den Bedürfnissen des Kranken. Und jener ist ein Chirurg.«

»Welche Operationen führt er durch?«, wurde Anna gefragt.

»Im Prinzip alle«, beantwortete sie die Frage, »vorausgesetzt, dass dieser Onkel Doktor mit Geräten zur Diagnose ausgestattet ist. Dann führt er notwendige Operationen selbst durch.«

»Können die humanoiden Ärzte auch mit lebensverlängernden Maßnahmen umgehen?«

Anna nickte.

»Dr. Binder, Sie haben beschrieben, was Ihre Roboter in der Behandlung Kranker leisten können. Sind diese Androiden auch in der Lage, auf die seelischen Bedürfnisse eines gesunden Menschen einzugehen?«

»Sie meinen, ob sie mit uns kommunizieren können. Natürlich ist das möglich.«

»Nein, das meinte ich nicht. Ich möchte wissen, ob Sie einen hübschen, unkomplizierten Roboter entwickeln können, der mir als Freundin dient und alle meine Schwächen erträgt«, fragte der Reporter und rief Schmunzeln in der Runde hervor.

Anna lachte. »Um Ihnen einen solchen Androiden zu bauen, brauche ich Auskunft über alle Ihre Hobbys und Ihre geheimen Wünsche. Auch darüber, was Sie hassen und was Sie lieben. Wir brauchten also bis ins Einzelne gehende Kenntnisse Ihrer Persönlichkeit. Wir werten aus, was wir über Sie in den Netzwerken erfahren können. Selbst dann garantiere ich Ihnen keine ideale Partnerin.«

»Dann bleibe ich doch lieber bei meiner Freundin«, seufzte der Reporter.

»Daran tun Sie gut«, nickte sie ihm zu. »Gefühle zu entwickeln, Freude und Hass zum Ausdruck zu bringen, damit können wir die Roboter nicht ausstatten, jedenfalls noch nicht. Intelligente Computer sind immer wieder Gegenstand von Science-Fiction-Büchern und -Filmen. Wir überlassen solche technische Intelligenz lieber den Schriftstellern utopischer Romane.«

Damit beendete Anna unter dem Beifall der Gruppe die Führung. Die Vertreterin der Regierung bat sie um ein zusätzliches Gespräch. An Annas Arbeitsplatz sagte die Beamtin:

»Wir beabsichtigen, einen Menschen nach dem unserer Sonne benachbarten Stern zu senden. Er soll dort Planeten suchen, die von uns besiedelt werden können. Die gesamte Reise kann mehrere Jahrzehnte dauern.«

»Ich habe davon gehört. Wissen Sie, dass Sie diese Person mit dem Tod bestrafen?«, entgegnete Anna missbilligend. »Es ist schlicht unmöglich, dass jemand ohne Kontakt zu anderen Menschen eine so lange Zeitdauer überlebt.«

»Darum bin ich hier«, fuhr die Beamtin fort. »Wir rechnen damit, dass Sie einen Androiden bauen, der für den Reisenden die Beziehung herstellt, als wäre er ein Mensch. Sie sollen einen Roboter konstruieren, der ein Freund, ein Arzt, ein Trostspendender ist für diese einzige Person in dem Raumschiff und für eine sehr lange Zeit.«

Anna wiederholte ihre Bedenken: »Ich bezweifle, dass ein solcher Android hergestellt werden kann, der für Jahrzehnte einen Menschen mit Fleisch und Blut ersetzt.« Sie schüttelte abwehrend den Kopf. »Ich vermute, Sie überschätzen unser Können. Selbst wenn wir alle Informationen einschließlich seines Charakters besitzen, glaube ich nicht an den Erfolg.«

»Sie kennen den Menschen, der sich auf die Reise begeben wird«, sagte die Regierungsvertreterin.

Anna sah sie ungläubig an.

Dann erklärte ihr die Beamtin: »Nach unserer Information lebten Sie mit dem Mann mehrere Jahre zusammen. Ich spreche von Tim Turner. Selbst wenn inzwischen zwei Jahrzehnte verstrichen sind, so haben Sie Kenntnisse über seine seelischen Zustände wie kein anderer Mensch und Sie können aus Ihrem eigenen Erleben diese Fakten bewerten.«

Anna erschrak. Sie hatte die größte Enttäuschung ihres Lebens verdrängt. An Tim wollte sie sich niemals mehr erinnern. So groß war ihr Schmerz, so lange hatte er angedauert. Mit Robert hatte sie einen immer zu Späßen aufgelegten Mann gefunden und hatte mit ihm eine Tochter. Und jetzt soll die alte Wunde wieder aufgerissen werden?

»Nein«, sprudelte es aus ihr hervor. Sie staunte selbst über dieses Wort, denn sie hatte geglaubt, ihre Gefühle zu beherrschen.

Sie hätte eine passendere Antwort geben müssen.

Hatte die Beamtin eine solche Reaktion erwartet? Jedenfalls wurde sie nach Annas lautstarkem ›Nein‹ sehr amtlich:

»Sehen Sie meinen Besuch Ihres Instituts nicht als eine höfliche Geste an. Ich spreche zu Ihnen im Auftrag einer Regierungskommission, die das Unternehmen plant. Vom Erfolg dieser Reise kann die Zukunft der Menschheit abhängen. Sie sollten Ihre persönlichen Befindlichkeiten, die ich verstehe, zurücksetzen. Sie sind dazu in der Lage. Ihr Institut erhält für das Projekt jegliche Unterstützung der Regierung. Ich nehme an, dass Sie sich der Aufgabe nicht entziehen.«

Sie wartete Annas Antwort nicht ab. Die Beamtin verabschiedete sich und ließ die Psychologhin aufgewühlt zurück.

Nachdem sich ihre erste Erregung gelegt hatte, zwang sie sich, das Für und Wider zu überdenken.

Eigentlich könnte ich, ohne dass es jemand jemals erfährt, Rache an ihm nehmen. Der Android braucht nur seine Eitelkeit verletzen. Das kann etwa nach einem Jahr geschehen. Dann ist er weit weg von der Erde. Niemand wird ihm helfen können, und der Roboter ist gefeit gegen körperliche Angriffe.

Bei diesem Gedanken lachte Anna. Sie stellte sich vor, wie ein durch die Reise geschwächter Tim mit Fäusten erfolglos auf einen 2-Meter-Roboter einschlägt. Sie sah ihn in seiner ganzen Hilflosigkeit und empfand Mitleid, allerdings nur für einen Augenblick.

Sie erinnerte sich, dass die Beamtin gesagt hatte: ›Vom Erfolg des Unternehmens kann die Zukunft der Menschheit abhängen.‹

Das darf ich nicht riskieren. Anna blickte auf das große Plakat an der Wand ihres Arbeitszimmers. Laut las sie:

»Erstes Gesetz: Ein Roboter darf kein menschliches Wesen verletzen oder durch Untätigkeit zulassen, dass einem menschlichen Wesen Schaden zugefügt wird.
Isaac Asimow 1942.«

Sie nickte zustimmend. »Ich habe diesen Eid geschworen, niemals einen Patienten zu schädigen. Das gilt auch, wenn er damals meinen Glauben zerstört hat, mit ihm eine Familie aufzubauen.«

Da kam ihr ein Gedanke, der ihrem Eid nicht widersprach, aber ihr dennoch Raum gab, ihm Einsamkeit ebenso empfinden zu lassen, wie sie die Verlassenheit durchlitten hatte, als er nach China gegangen war: »Er soll keinen Freund an Bord haben. Wir werden einen Androiden bauen, der auch seine Schwächen aufdeckt«, sagte sie laut.

***

Xu Yun hasste Besuche von Regierungsleuten. Einer dieser Politiker war offiziell bei ihm angemeldet worden. Der Mann war Sprecher einer Kommission, die einen Planeten suchte als Ersatz für die sich immer stärker erwärmende Erde. Xu Yun konnte den Besuch nicht abweisen. Als er kam, empfing er ihn grußlos.

Der Sprecher der Kommission fühlte sich dadurch nicht

brüskiert. Er begann sofort: »Herr Xu Yun, wir haben beschlossen, die drei Sterne von alpha Centauri nach geeigneten Planeten zu untersuchen. Dafür benötigen wir ein Raumschiff, das Sie bauen sollen. Es muss eine einzelne Person hin und zurück …«

Xu Yun unterbrach den Besucher: »Was für ein dummer Beschluss!«, schnauzte er den Sprecher der Kommission erregt an. Seine kleinen Augen waren noch schmaler geworden. Sein schütterer Bart zitterte vor Wut, als er fortfuhr:

»Was für eine Dummheit! Ein Raumschiff mit einer Person auf diese Reise zu schicken! Das ist Unsinn!«

Der Politiker überlegte seine Antwort. Er sagte nicht: »Schreien Sie mich nicht an! Sie vergessen wohl, mit wem Sie reden!« Vielmehr fragte er den Raketenbauer:

»Was schlagen Sie vor. Wie kann man dort nach einer Ersatzerde suchen?«

Xu Yun rückte seine Brille zurecht. Seine Augen blickten den Sprecher nicht mehr empört an. Er war zufrieden, gefragt zu werden, und antwortete:

»Ganz einfach, durch eine unbemannte Raumsonde. Sie wird mit Sensoren, Teleskopen und Kameras vollgepackt. Das genügt. Es spart auch Rohstoffe.«

»Das ist ein guter Vorschlag, Herr Xu Yun«, erwiderte der Sprecher. Er erwähnte nicht die in der Kommission darüber geführte Debatte. Vielmehr fragte er: »Wenn aber dort Ereignisse auftreten, die nicht vorhersehbar, also nicht programmierbar sind. Was schlagen Sie für diesen Fall vor?«

Xu Yuns Augen wurden wieder sehr schmal. Dafür hatte er keine Lösung. Darum zischte er seinen Gast an: »Und deswegen wollen Sie einen Wissenschaftler dahin schicken? Glauben Sie ernsthaft, dafür jemanden zu gewinnen?«

»Wir haben schon einen gefunden. Er hat sogar vor Jahren hier gearbeitet. Vielleicht kennen Sie ihn. Es ist Dr. Turner. Er wird die Reise antreten.«

Xu Yun war ein Meister der Selbstbeherrschung. Dennoch entspannte sich sein Gesicht bei der Information. *Dann bin ich diesen Turner endlich los, und ich kann für Lu-ni einen Mann finden.* Offene Freude darüber war nicht ersichtlich.

Es vergingen einige Sekunden, während der Sprecher auf eine bissige Antwort wartete. Man hatte ihn zuvor auf die Schwierigkeit im Umgang mit Xu Yun aufmerksam gemacht. Umso erstaunter war er, als Xu Yun sagte:

»Ich werde ein Raumschiff bauen, das Ihren Anforderungen entspricht.«

Nachdem es fertiggestellt war, kam Tim, um von Xu Yun durch die Centaurus 1, kurz C1, geführt zu werden. Als er sie sah, entschlüpfte ihm der Satz: »Was für eine hässliche Ente!«

Xu Yun schien die Bemerkung, die seine Arbeit herabsetzte, nicht gehört zu haben. Ohne eine Miene zu verziehen, erklärte er:

»Die Metallhaut schützt gegen den Einschlag von Mikrometeoriten.« Dabei blickte er unbewegt auf das Gefährt, das für ihn keineswegs einer hässlichen Ente glich. Für ihn sah es auch nicht wie ein riesiges Urinsekt aus. So hatte es ein Mitglied der Kommission bezeichnet, als er den Politikern das Raumschiff vorgestellt hatte.

»Ich habe das Triebwerk so konstruiert, dass der Insasse die Sonde nicht drehen muss, wenn sie gebremst oder beschleunigt wird.«

Das Wort ›Insasse‹ hat er bewusst gewählt, dachte Tim. Es ist seine Reaktion, weil ich sein Werk eine ›hässliche Ente‹ nannte.

Xu Yun kletterte durch einen engen Gang und Tim zwängte sich ihm nach. »Hinter dieser Wand befindet sich das Energiezentrum«, sagte der Raketenbauer mit gleichgültig klingender Stimme.

Aha, folgerte Tim, *darauf ist er besonders stolz. Er redet gefühllos über eine Sache, wenn sie für ihn bedeutsam ist.*

»Wie üblich sind Fusionsreaktoren eingebaut«, erklärte Xu Yun. »Magnetfelder sammeln Ionen aus dem umgebenden Raum ein. Sie liefern dem Raumschiff die nötige Energie.«

Diese Anlage ist für ihn ein alltägliches Werk, fand Tim voller Anerkennung, aber er unterdrückte die Bemerkung. *Die Magnete arbeiten also wie riesige Staubsauger.* Dadurch vermied er, dass Xu Yun seine Antwort erneut als Provokation empfand.

Sie kletterten eine Stiege hinauf und erreichten den zentralen Aufenthaltsraum. Tim fühlte sich sofort wie zu Hause. Bei der Ausgestaltung des Raumes hatte man auf seine Vorliebe für grüne Farbtöne geachtet.

Auch hatte man ein Bild, das er mochte, an einer Wand angebracht. Es zeigte graziös tanzende Hawaiianerinnen beim Hula.

»Es sind sechs Sonden an Bord, die zur Untersuchung von Planeten zu programmieren sind«, fuhr Xu Yun fort. »Ich habe die besten Geräte eingebaut. Dazu gehört auch dieser Zentralcomputer.« Als er das sagte, reinigte er seine große Brille, danach strich er mit einer Hand über den PC, wie ein Vater über den Kopf eines lieben Kindes streichelt. Er verzog keine Miene. »Er liefert zudem Informationen über die Handhabung aller technischen Geräte. Seine Mediathek enthält alles Wissenswerte.«

Tim erkannte die innere Bewegung des Chefkonstrukteurs. *Das hört sich an, als sei der Zentralcomputer ein Stück von ihm*, dachte er.

Nun bemerkte Tim, wie Xu Yun zögert: *Er muss mir wohl etwas sagen, das ihm missfällt.*

»Wir mussten diesen Androiden einbauen«, sagte er stockend. »Ich glaube, dass er nicht von Nutzen sein kann, schließlich sind alle möglichen Informationen im Zentralrechner vorhanden.«

»Ach so,« stimmte ihm Tim zu angesichts eines großen Kastens, der aus einzelnen Teilen zusammengesetzt schien.

Xu Yun zeigte auf vier kleine Fenster, die einen Blick nach Außen ermöglichten.

»Wir sind jetzt bei minus 24 Stunden. Alle Systeme sind getestet. Der Countdown läuft. In zwanzig Stunden müssen Sie bereit zum Start sein.«

Er rückte seine schwarzumrandete Brille zurecht und verließ das Raumschiff grußlos, ohne eine Miene zu verziehen.

Stunden später saß Tim in dem Raumschiff, das für die nächsten Jahre seine Wohnstatt werden sollte.

Tim hatte gelernt, bei den Startvorbereitungen ruhig zu sein.

Jahrzehnte keine Menschen, dafür jede Menge Arbeit, schoss es ihm durch den Kopf. *Das ist gar nicht so übel. Niemand vermisst mich.*

Er dachte an Anna, die er in ihrem Institut auf Anordnung der Kommission aufgesucht hatte. *Sie ist in ihrem*

Beruf angesehen, dachte er. *Sie hat alles erreicht, was sie wollte, auch das, was ich ihr nicht geben konnte. Sie hat einen Ehemann und eine Tochter, die so hübsch ist wie sie. Ich spiele in Annas Leben keine Rolle mehr.*

Da war ebenso in seiner Vorstellung das Bild von Lu-ni, wie sie ihn anlächelt. *Wenn ich hierbliebe, würde ich dir Zeit stehlen, die du brauchst in deinem Streben nach Harmonie.*

Tim sah die beiden Frauen, die er geliebt hatte. *Sie brauchen mich nicht. Ich muss neue Ziele angehen. Dazu werde ich Muße haben. Kein Mensch wird mich stören.*

Jetzt konzentrierte er sich auf den Start.

Er sah auf einem Bildschirm Xu Yun mit Team im Kontrollraum der Mondstation. Die Uhr zeigte an, dass in wenigen Sekunden der Start erfolgen würde.

Er fragte sich: *Werde ich Menschen und die Erde jemals wiedersehen?* Doch schon hörte er die Stimme eines Rechners: »5, 4, 3, 2, 1, 0. Sofort spürte er das Zerren des Mondes, der ihn nicht gehen lassen wollte. Die Kräfte wurden schnell immer stärker und drückten auf seine Brust, so dass ihm das Atmen schwerfiel. Er hatte das schon oft erlebt. Es bereitete ihm keine Angst. Nach 90 Sekunden war die Beschleunigungsphase auf der Magnetabschussrampe vorbei, der Druck auf ihn war verschwunden. Die C1 erhob sich über die Mondoberfläche.

»Centaurus 1, bitte melden!« Tim beantwortete die Aufforderung von Xu Yun nicht. Es faszinierte ihn immer wieder, wie sich die im Sonnenlicht gleißend daliegende Mondlandschaft entfernte und er in die totale Schwärze des Weltraums sah, in seine zukünftige Umgebung.

Xu Yun forderte ihn wiederholt auf, sich zu melden, doch Tim ließ sich nicht bei seiner Mondbetrachtung stören.

Schließlich antwortete er. Xu Yun fuhr ihn an: »Solange Sie in meinem Zuständigkeitsbereich sind, haben Sie meine Anweisungen zu befolgen, selbst wenn Sie ein berühmter Physiker sind! Fordere ich Sie auf, sich zu melden, dann haben Sie es augenblicklich zu tun!«

Tim entschuldigte sich.

»Ich werde Ihre Flugbahn korrigieren und die Fusionsreaktoren in Gang setzen«, sagte Xu Yun und schaltete den Kontakt ab, ohne ein weiteres Wort zu verlieren.

Tim hatte sich in den ersten Tagen an die neue Umgebung gewöhnt. Sein Tagesablauf verlief nach strengen Regeln, wozu der tägliche Eintrag in das Logbuch gehörte. Da erhielt er ein Gespräch aus dem Generalsekretariat der UNP. Lu-ni schickte ihm fern der Erde eine Botschaft.

»Dr. Turner«, begann sie förmlich, »wir freuen uns, dass der Start gut verlaufen ist. Ich möchte Ihnen nicht vorenthalten, dass die Weltpresse Sie schon jetzt als Helden feiert, denn was Sie vorhaben, ist mehr als jahrelange Einzelhaft. Dabei haben Sie doch nichts verbrochen. Sie lassen sogar viele Freunde auf der Erde zurück. So wurde ich von Ihrer Universität in Peking gebeten, Ihnen mitzuteilen, dass man stolz auf ihren ehemaligen Lehrer ist. Auch bat mich eine Dr. Anna Binder, dass ich Sie auffordern soll, den Androiden Tao gut zu behandeln.«

Tim sah in ihre Augen, die ihn immer noch verzauberten.

»Da ich mir sagen ließ, dass du schon derart weit weg bist von mir und deine Antwort mehr als eine viertel Stunde benötigt, bis sie hier eintrifft, verabschiede ich mich jetzt von dir.«

Seitdem sie ihn duzte, klang ihre Stimme herzlich und warm.

»Denk immer daran, Tim: Wir brauchen einen Planeten zum Besiedeln. Die Menschheit nähert sich einer Katastrophe.«

Er erkannte in ihrer Stimme eine Hilflosigkeit, die er bei diesem Energiebündel noch nie zuvor gespürt hatte.

»Hilf mir, Tim, den Weg zur Harmonie zu gehen.« Verzweiflung und Trotz sprachen daraus. Dann sagte sie:

»Denk an unser Yen, Tim! Leb wohl, Tim! Leb wohl!«

Sie sprach die letzten Worte mit so viel Gefühlswärme, dass es eine Zeit dauerte, bis er gewahr wurde, dass die Übertragung beendet war, und er auf einen schwarzen Bildschirm starrte. Die Frau, die er so sehr geliebt hatte, war verschwunden, auf Nimmerwiedersehen. Sie hatte ihn aber mit dem Wort ›Yen‹ ihre Liebe versichert.

Sie tat ihm für diesen Augenblick leid, weil er von nun an ihr nicht helfen kann, ihre Verzweiflung zu beheben und die sich anbahnende Katastrophe zu verhindern.

Nachdem er die Rührung verdrängt hatte, bedankte er sich bei der Generalsekretärin und bat, alle wieder zu grüßen. »Es ist eine große Auszeichnung, dass Sie so viel Vertrauen in mich gesetzt haben, für die Menschheit neuen Lebensraum zu finden. Ich werde Sie, Frau Xu Lu-ni, nicht enttäuschen und meine ganze Kraft einsetzen, eine Ersatz-Erde zu finden.«

Für seine Gefühle zu Lu-ni fand er keine Worte.

Vita

Fritz Reichert studierte Theoretische Physik an der Goethe-Universität in Frankfurt.

Nach dem Staatsexamen leitete er eine private gymnasiale Oberstufenschule und zwei Volkshochschulen.

Er lebte mehrere Jahre in den USA, wo er seine ersten SF-Romane schrieb.

Zurückgekehrt nach Deutschland schrieb er Kurzgeschichten und ein Jugendbuch.

Reichert ist verheiratet mit Isolde Reichert und hat drei Kinder und sechs Enkel.

Veröffentlichungen

alpha Centauri – Auf der Suche nach besiedelbaren Planeten
BoD 2002 – ISBN 3-8311-3129-5

alpha Centauri - Die fremde Welt
BoD 2004 – ISBN 3-8334-0385-3

alpha Centauri – Exodus
BoD 2005 –ISBN 3-8334-2973-9

Dangerous Voyage to alpha Centauri
A Scientific Vision of Our Next 50 Years
iUniverse New York 2005 ISBN 978-0-595-42301-9 (pbk)
ISBN 978-0-595-86639-7 (ebk)

Tilly auf Mars und Venus
Traumgeschichten einer 15-jährigen
Verlag Wortgewaltig 2009 – ISBN 978-3-940372-07-9